张恨水写作课

张恨水

著

中央编译出版社
Central Compilation & Translation Press

图书在版编目（CIP）数据

张恨水写作课 / 张恨水著 . —— 北京：中央编译出

版社，2024.1

ISBN 978-7-5117-4484-5

Ⅰ.①张… Ⅱ.①张… Ⅲ.①文学创作 – 写作学

Ⅳ.① I04

中国国家版本馆 CIP 数据核字（2023）第 154225 号

张恨水写作课

责任编辑	汪　婷	
责任印制	李　颖	
出版发行	中央编译出版社	
网　　址	www.cctpcm.com	
地　　址	北京市海淀区北四环西路 69 号（100080）	
电　　话	（010）55627391（总编室）　　（010）55625176（编辑室）	
	（010）55627320（发行）　　　　（010）55627377（网站）	
经　　销	全国新华书店	
印　　刷	佳兴达印刷（天津）有限公司	
开　　本	880 毫米 × 1230 毫米　1/32	
字　　数	132 千字	
印　　张	7.25	
版　　次	2024 年 1 月第 1 版	
印　　次	2024 年 1 月第 1 次印刷	
定　　价	48.00 元	

新浪微博：@ 中央编译出版社　　　微　　信：中央编译出版社（ID：cctphome）
淘宝店铺：中央编译出版社直销店（http：//shop108367160.taobao.com）
　　　　　（010）55627331

出版说明

为方便当代读者阅读，本次出版时，对原书稿中出现的"的""地""得""底""做""作""哪""那""像""象"等字，均按照现代汉语规范进行了修正；部分标点符号使用按现代汉语使用规范做了处理。由于所辑文稿刊发年代久远，原报刊少量字、词、句、段已字迹模糊，难以辨认，或有所缺失，排版时皆以"□□□"或"……"标出。

所选文章皆在文后注明原刊发的报刊名称及刊出时间。

代序　一点点认识

老　舍

恨水兄是文艺界抗敌协会第一届理事会的理事，因为文协的关系，我才认识了他，虽然远在十几年前就读过他的作品了。

廿八年，文协推举代表参加前线慰劳团的时候，理事会首先便提出恨水兄来，因为他是国内唯一的妇孺皆知的老作家。可惜，他的笔债太多，无法分身，文协才另派了别人。那时候，我记得我曾写信给他，希望他能和我一同到西北去，因为我晓得他是个可爱的朋友。

假若那次他能和我一同在西北旅行半年之久，我想在今天必能写出许多许多关于他的事来，而感到骄傲。那个机会既失，我现在只好就六年来的时聚时散中，提出我对他的一点点认识了：

（一）恨水兄是个真正的文人。说话，他有一句说一句，心直口快。他敢直言无隐，因为他自己心里没有毛病。这，在别人看，仿佛就有点"狂"。但是，我说，能这样"狂"的人才配作文人。因为他的"狂"，所以他才肯受苦，才会爱惜羽毛。我知道，恨水兄就是重气节，最富正义感，最爱惜羽毛的人。所以，我称他为真正的文人。

（二）恨水兄是个真正的职业写家。有一次，我到南温泉去看他，他告诉我："我每天必须写出三千到四千字来！"这简单的一句话中，含有多少辛酸的眼泪呀！想想看，一年三百六十天，每天要写出这么多字来，而且是川流不息地一直干到三十年！难道他是铁打的身子么？坚守岗位呀，大家都在喊，可是有谁能天天受着煎熬，达三十年之久，而仍在煎熬中屹立不动呢？所以我说，他是"真正"的职业写家。

（三）恨水兄是个没有习气的文人。他不赌钱，不喝酒，不穿奇装异服，不留长头发。他比谁都写得多，比谁都更要有资格自称为文人，可是他并不用装饰与习气给自己挂出金字招牌。闲着的时候，他只坐坐茶馆，或画山水与花卉。一个文人的生命是经不住别人与自己摧残的。别人是否给恨水兄气受，我不知道，我确实知道，他不摧残自己，修养使他健壮，健壮使他不屈不挠。

以上是我对恨水兄的一点点认识，可也就是我们应当向他学习的。

自序　我的小说过程

张恨水

　　我从小就喜欢看小说，喜欢的程度，至于晚上让大人们睡了，偷着起来点着灯，所以我之吃小说饭，似乎是命中注定的了。在我十二岁的时候，我看到金圣叹批的《西厢》，这时把我读小说的眼光全副变换了，除了对故事生着兴趣外，我便慢慢注意到文章结构上去，一直到现在，都是如此的。十四岁的时候，我看过了《水浒》《七侠五义》《七剑十三侠》之后，我常对弟妹们演讲着，而且他们也很愿听。那时，我每天进学校，晚上在家里跟一位老先生学汉文，伴读的有二个兄弟，一个妹妹，还有一个亲戚。设若先生不在家，我便大谈而特谈。不知哪一天，我凭空捏造了一段武侠的故事，说给他们听，他们也听得很有味。于是这一来，把我的胆子培养大了。过了二天，我就把这捏造的故事扩大起来，编了几回小说，这小说究竟是几多回，是什么名字，我都忘记了，仿佛着曾形容一个十三岁的孩子，能使两柄大锤，有万夫不当之勇。

上面是我作小说的初期。照说，我应继续作下去，然而我忽然掉了一个方向，玩起词章来。词曲一方面，起先我还弄不来，却一味地致力于诗。在十四至十五六岁之间，我几乎与小说绝了缘，十七岁之时我无意地买了一本《小说月报》看，看得很有趣，把小说的嗜好又复提起。十八岁的时候，我在苏州读书，曾作两篇短篇小说，投到《小说月报》去。那时，主编的是恽铁樵先生，他接得我的稿子，居然回信赞许了我几句，我简直大喜若狂，逢人便告，以为我居然可以作小说了。这两篇小说，一名《旧新娘》，是文言的；一篇《梅花劫》，是白话的，当然幼稚得可怜，谈不上结构了。可是我眼巴巴地天天望《小说月报》发表哩！未免可笑。

　　有了这样一个过程，我作小说的意思，不断发生。十九岁二十岁之间，我因家贫废学，退居安徽故乡。年少的人总是醉心物质文明的，这时让我住在依山靠水的乡下，日与农夫为伍，我十分地牢骚，终日疯疯癫癫作些歪诗。作诗之外，作笔记作小说。不过虽然尽管高兴地向下作，却始终不曾发表过。二十一岁，我重别故乡，在外流浪。二十二岁我又忽然学理化，补习了一年数学。可是，我过于练习答案，成了吐血症，二次回故乡。当然，这个时候中耗费了些家中的款子（其实虽不过二三百元，然而我家日形中落，已觉不堪了），乡下人对于我的批评十分恶劣，同时婚姻问题又迫得我无可躲避。乡党认为我是个不可教的青年，我伤心极了，终日坐在一间黄泥砖墙的书房里，只是看书作稿。我的木格窗外有一株极大的桂花树，终年是青的，树下便是一院青苔，绝无人到，因此增长了我不少的文思。在这时，我作了好几部小说，一是章回体的《青衫旧》，体裁大致像《花月痕》，夹着许多词章，但是谈青年失学失业的苦闷，一托之于吟风弄月，并不谈冶游。此外有一篇《紫玉成烟》一篇《未婚妻》，是文言体，长数千字，朋友看见曾说不错；又有一篇笔记叫作《桂窗零草》，朋友也很赞许的。然而除了《紫玉成烟》而外，其余都放在书箱里成了烂纸，未曾进过排字房。

二十四岁我在芜湖一家报馆里当编辑，我曾把《紫玉成烟》发表了。这书一发表，很得一些人谬奖，于是我很高兴，继续着作了一篇白话长篇《南国相思谱》，我在文字结构上自始就有点偏重于辞藻，因之那个时候作回目，就力求工整。较之现在，有过之无不及。记得这时，我的思想完全陶醉在两小无猜、旧式儿女的恋爱中，论起来十分落伍的了。同时我在上海的《民国日报》发表了两篇讽刺小说，有一篇名为《小说迷魂游地府记》，我渐渐地改了作风，归入《儒林外史》一条路了，这一篇小说曾在《小说之霸王》的单行本里殿后，这大概是拙作与世人相见的初程了。

"五四"风潮后，我读书的兴趣又起，我就当了衣服到北平去投考北大。不料一到北平就加入了新闻界，使我没有时间读书。在这时，芜湖的报馆要我作了一部《皖江潮》，里面是说一段安徽政潮，充满了讽刺的意味，芜湖人很高兴地看。我的胆子由此大了，笔路由此熟了，对于社会上的人物就不时地加以冷静的观察，观察之后我总是感着不平，心里便想写一部像《儒林外史》《官场现形记》的小说。但是，这两部书有一种毛病，就是说完了一段又递入一段，完全没有结构。因之，我又想在这种社会长篇小说里，应该找出一个主人翁出来，再添几个陪客穿插在里面，然后读者可以增加许多玩赏之处。自有了这个意思以后，恰好有朋友找我编副刊，并约我作小说，于是第一部最长的小说《春明外史》就出现了。

《春明外史》逐日在报上发表，前后登有五年，约一百万字。在我自己的拙作里，算是卖力的了。因此读者一方面倒也不菲薄它。但是这书出世以后，却添了一种意外的麻烦，就是读者往往将书中人物，一一索隐起来，当作历史一样来看。其实小说取一点时事作背景原极寻常，可是这种事整个儿搬来，整个儿写上，等于一张纸了，有什么意味呢？所以《春明外史》的事，依然楼阁凭空的多，因为楼阁凭空的多，所以我插进去几个主角来贯穿全局，非常之便利。这种主角出台，我总加倍地烘托，这才把书中一二百人都写成了附带的东西，使读者不至于感到累赘，把这法子说破，就是用作《红楼梦》的办法，来作《儒林外史》。在作《春明外史》期间，我的长篇便不断地在报上披露，我自己认为还满意的，就是《天上人间》这部书，后登在《北京晨报》，后来晨报停刊，改登《上海画报》。我写这部书，换了一个办法，用双管齐下法，就是同一时代，写一双极不同的女子，互相反映，连陪客也是这样。可是《上海画报》是三日刊，全书不容易速完，未免减一笔呵成的势力了。此外就是我也很喜欢作短篇，若是整理一番，或者可出一本小册子。现在我总报告一下，这几年来，除了我编报时，每日千百字的短文不算，单是小说稿子，字数在五百万以上了。这五百万字，以一元千字计算，我也当有五千元财产。然而我到现在为止，还是穷光蛋一个，而且我不曾有一日狂嫖浪赌，一一得着物质上的享受。卖文是这样的劳，又是这样的苦，然则我烦腻作小说乎？那是不可能的，而且明窗净几，日夕花晨，有时我也感到一种兴趣，不过为了职业关系，无论有趣无趣，我总是要继续地往下作。在这样旦旦而伐之的时候，何日弄得了铺底，拿不出货来，我是不敢预言的。因之，我为了职业关系，很是惧怕，一方面我对于现代社会求着新认识；一方面我自己限制一下，无论如何每日至少看一点钟书，因为这样，我学了不少乖，不断发现自己的短处。

中国的文学书里，并无小说学，这是大家知道的。我对于外国文，又只懂一点极粗浅的英文，谈不到看书。所以我研究小说并没有整个儿由小说学的书上得来，虽然近代有小说学的译品，可是还不是供我们参考，所以我于此点，索性去看名家译来的小说了。名家小说给我印象最大的，第一要算是林琴南先生的译品。虽然他不懂外国文，有时与原本不符，然而他古文描写的力量是那样干净利落，大可取法的。此外我喜欢研究戏剧，并且爱看电影，在这上面，描写人物个性的发展以及全部文字章法的剪裁，我得到了莫大的帮助。关于许多暗和的办法，我简直是取法一班名导演。所以一个人对于一件事能留心细细地观察，就人尽师也。我的书桌上常有一面镜子的，现在更悬了一面大镜子在壁上，当我描写一个人不容易着笔的时候，我便自己对镜子演戏给自己看，往往能解决一个困难的问题。老实说，这就是自己导演自己。有时关于一事一物不能着笔的时候，我也不怕费事，亲自去考察，纵然不能考察，我必得向知道的细细打听一番，若是无可考察，无可打听，我宁可藏拙不写了，这或者是我特别向读者讨好的地方。

我以前写小说，大半是只有一点印象，然后就信笔所之地向下写。自从去年以来，我改了方针，我得先行布局，全书无论如何跑野马，不出原定的范围。《啼笑因缘》一部书就是如此的。我的胆子仿佛现在是越来越小了，或者会令我的作品好一点，或者会斫伤元气一点，那不可知，只好证之将来吧。

谈到《啼笑因缘》未免令我惶恐万分。我作这书的时候，鉴于《春明外史》《金粉世家》之千头万绪，时时记挂着顾此失彼，因之我作《啼笑因缘》就少用角儿登场，仍重于情节的变化，自己看来明明是由博而约了，不料这一部书在南方居然得许多读者的许可。我这次南来，上至党国风流，下至风尘少女，一见着面，便问《啼笑因缘》，这不能不使我受宠若惊了。其实《啼笑因缘》究有什么好处，我且不敢说，大概对于全部的构成以至每人个性的发挥，我都使他有些戏剧化，或者是此点可以见得我卖力吧！可惜许多批评者都是注重结果方面，却没有给我一种指示，这又是使我迷惑的事。我极力在描写上讨好，而书中的事实倒盖过去了。在写《啼笑因缘》前后，我也曾作了一部国术小说。说一句笑话，那是反串吧？但是我所写的并不是侠客嘴里吐出一道红光，乃是洪杨而后，几个散在江湖的豪士。故事也并非完全杜撰，得之于先祖父、先父所口述下来的。说一句惭愧的话，我现在手无缚鸡之力，原来倒是真正的将门之子。这一部书登在北平《新晨报》上，共有十回，只成了一半，因为某种关系没有作完，可是我所知道的故事，也不过如此，也有点江郎才尽之叹了。

此外，关于我的小说事业，除编撰而外，一年以来我有点考据迷，得有余暇，常常做一点考证的工夫。起初，我原打算作一部《中国小说史大纲》，后来越考证越发现自己见闻不广，便把大计划打消，改了作《中国小说史料拾零》。最近我又怕大家误会是不成片段的，改名《中国小说新考》。万一这部书能成功，也许对于中国文学门有点区区的贡献。

野马跑得太远了，可以止住了。最后我要声明一句，我这篇文字完全是为了朋友的关系，不得已实实在在地报告我的治业经过。我绝不敢自吹自擂，妄出风头。读者能给予我一种教训，我认为是至好的诤友，一律诚意接受。一个人无论做什么事，不怕自吹他的长处，却怕善于改正他的短处。短处岂能自知？这就在乎他人的攻错了。如此，我这篇文字不是自炫，读者一定可以谅解的。

（原载 1931 年 1 月 27 日—2 月 12 日《上海画报》）

目 录

—— 第一辑　写作生涯回忆 ——

一　序言 　　　　　　　　　　　　　　　　　　/ 003

二　我没有遇到好老师 　　　　　　　　　　　　/ 005

三　跌进小说圈 　　　　　　　　　　　　　　　/ 009

四　礼拜六派的坯子 　　　　　　　　　　　　　/ 011

五　我的无名处女作 　　　　　　　　　　　　　/ 014

六　躐等的进修 　　　　　　　　　　　　　　　/ 016

七　第一次投稿 　　　　　　　　　　　　　　　/ 018

八　第一部长篇 　　　　　　　　　　　　　　　/ 019

九　失学之后 　　　　　　　　　　　　　　　　/ 021

十　一节流浪小史 　　　　　　　　　　　　　　/ 023

十一　写作出版之始 　　　　　　　　　　　　　/ 026

十二　北京的初期 　　　　　　　　　　　　　　/ 029

十三　新闻工作的苦力　　　　　　　　　/031

十四　通讯文字收入甚丰　　　　　　　　/033

十五　关于《春明外史》（一）　　　　　/034

十六　关于《春明外史》（二）　　　　　/037

十七　关于《春明外史》（三）　　　　　/040

十八　《金粉世家》的背景　　　　　　　/042

十九　《金粉世家》的出路　　　　　　　/044

二十　《啼笑因缘》的跃出　　　　　　　/046

二十一　北平两部半书　　　　　　　　　/049

二十二　《斯人记》　　　　　　　　　　/050

二十三　《春明新史》　　　　　　　　　/051

二十四　世界书局的契约　　　　　　　　/052

二十五　加油　　　　　　　　　　　　　/054

二十六　武侠小说的我见　　　　　　　　/057

二十七　忙的苦恼　　　　　　　　　　　/060

二十八　《新闻报》的续约　　　　　　　/062

二十九　《太平花》　　　　　　　　　　/063

三十　抗日的方向　　　　　　　　　　　/064

三十一　《东北四连长》　　　　　　　　/065

三十二　《啼笑因缘》的尾巴　　　　　　/067

三十三　二次加油　　　　　　　　　　　/069

三十四　西北行　/071

三十五　西北回来　/074

三十六　参加《立报》　/076

三十七　办《南京人报》　/077

三十八　被腰斩的一篇　/080

三十九　在南京苦撑的一页　/081

四十　入川第一篇小说　/084

四十一　《游击队》　/086

四十二　抗战小说　/087

四十三　《八十一梦》　/088

四十四　生活材料　/090

四十五　茅屋风光　/092

四十六　《上下古今谈》　/095

四十七　散文　/097

四十八　斗米千字运动　/098

四十九　夜生活　/101

五十　意外的救星　/103

五十一　土纸书　/104

五十二　榨出来的油　/106

五十三　胜利后的作品　/108

五十四　伪书　/111

五十五　我死了　　　　　　　　　　　　/ 114

五十六　故事的利用　　　　　　　　　　/ 115

底稿·尾声　　　　　　　　　　　　　　/ 117

—— 第二辑　小说艺术论 ——

谈长篇小说　　　　　　　　　　　　　　/ 121

长篇与短篇　　　　　　　　　　　　　　/ 122

短篇之起法　　　　　　　　　　　　　　/ 124

小说与事实　　　　　　　　　　　　　　/ 126

《玉梨魂》价值堕落之原因　　　　　　　/ 127

《金瓶梅》　　　　　　　　　　　　　　/ 128

小小说的作法　　　　　　　　　　　　　/ 130

小说也当信实　　　　　　　　　　　　　/ 130

《儿女英雄传》的背景　　　　　　　　　/ 131

小说的关节炎　　　　　　　　　　　　　/ 136

章回小说的变迁　　　　　　　　　　　　/ 137

从自己的著作谈起　　　　　　　　　　　/ 144

关于读小说　　　　　　　　　　　　　　/ 147

—— 第三辑　序跋集 ——

《春明外史》后序　　　　　　　　　　　　/153

《金粉世家》自序　　　　　　　　　　　　/155

《啼笑因缘》作者自序　　　　　　　　　　/158

作完《啼笑因缘》后的说话　　　　　　　　/162

《春明新史》自序　　　　　　　　　　　　/169

《满江红》自序　　　　　　　　　　　　　/170

《水浒新传》新序　　　　　　　　　　　　/172

《偶像》自序　　　　　　　　　　　　　　/174

《夜深沉》序言　　　　　　　　　　　　　/175

—— 附录　《金粉世家》（节录）——

楔子　燕市书春奇才惊客过　朱门忆旧热泪向人弹　/181

第一回　陌上闲游坠鞭惊素女　阶前小谴策杖戏娇嬛　/195

第一辑

写作生涯回忆

一

序　言

　　我虽然是个很微末的人物，但我向来反对自传一类的文字。因为我看了不少的自传，除了那有些是谎言，有些也无非是一篇广告。当我在重庆过五十岁的时候，朋友们让我作自传，我婉谢了。老友张友鸾以为不可，他以为我在文坛上多少有点影响，对这点影响不可没有一个交代。他以和我三十年知交之深，很兴奋地提起笔来，要作《张恨水论》。这篇论，他打算从我三代的历史考起，小至于我写的一首小诗，都要谈谈，这心愿不可谓不宏。可是他只写了几千字，就搁笔了，因为他太忙。我自然是一笑了之，而觉得没有交代也好。

　　说话之间，又是四个年头。我是一切云过太空。最近，我辞去了报社的工作①，去年十二月十二日以后，我的生活忽然起了急遽的变化，失去了平常的生活秩序。我是个推磨的驴子，每日总得工作。除了生病或旅行，我没有工作就比不吃饭都难

------

　　①　指1948年12月12日辞去北平《新民报》馆的工作。

受。我是个贱命，我不欢迎假期，我也不需要长时间的休息。辞去工作后，这时感到无聊，我那矛盾的心情似乎是吃了一碟四川的棒棒鸡，除了甜，咸酸辣苦什么滋味都有。我于是慢慢地长思了。

人生几十年光阴，像电影似的，一幕一幕地过去。中国人形容这个速度，是"白驹过隙"，其快可知。而我这时咸酸苦辣的境地，也不过是白驹过隙中千万分之一秒，其实也可以稍稍地忍耐，让它过去。可是我又另有一个感想，我家乡安徽人说的话，今天脱了鞋和袜，不知明日穿不穿。这个"不知"目前是非常之明显。万一是明天不穿，趁着今天健康如牛，我是不是有些事要交代的呢？天下大事，轮不着我谈。家庭琐事，诗云："我躬不阅，遑恤我后？"我也犯不上去多那些事。只是一点：写了一辈子文字，得了同情者不少，恐怕神交之多，在普通社会里我是够在六十分以上的了。对于这神交，我还愿更结下一层更深的友谊。同时，也有人对我发生了不少的误解。举一个例：在东北和华北沦陷期间，伪造的张恨水小说，竟达四五十种之多。那里面不少是作孽的文字，把这罪过加在我身上，我太冤，我也应当辩白。于是我想到，我应当写一篇短短的文字，让孩子们抄写若干份，分寄我的好友，让他们分别为我保存。说乐观点，在我百年之后，从朋友手里拿出我的亲笔供状来，不失人家考张恨水的一点材料。我这样想，我就要办。而家人以为这是不祥之兆，反对我这样做。虽然说不祥的有些愚昧，然而总是好意，我也就算了。

前两天到报社①，和同人谈起。同人笑说这很有趣，遗嘱式的文字当然可以不必，不过你能对自己的写作做一个总检讨，那还不失为有意思的事。索性你写详细一点，我们拿到报上来发表，若以留材料而论，没有比在报上发表以后可留的程度更深的。我始而考虑，这是不是违反我的素志来写自传？但同人再三地怂恿，我的意志也就动摇了，我答应改变自传方式写，作为向读者写个供状。这供状是不是撒谎？是不是自我宣传的广告？我没法子深辩，敬求读者先生的批判。文里除了必要，不提到我的生活和家庭，罗曼史更无须提及。我只是写我由识字一直到现在。

二

我没有遇到好老师

谈我自己的写作，一定要谈我是怎样写起，就涉及我的读书经过了。我七岁整②才入蒙学，那时是前清光绪年间，当然

---

① 指北平《新民报》。
② 这里讲的是虚岁，实龄应是六岁。

念的是"三、百、千"①。我很好，念半年，就念了十三本书。你问这十三本书都是什么？我告诉你，全是《三字经》。因为就是这样糊里糊涂地念私塾，念过"上下论"②，念过《孟子》，我除了会和同学查注解上的对子（两行之中，两个同样的字并排列着）而外，对书上什么都不理解。有一天，先生和较大的两个学生讲书，讲的是《孟子》齐人章。我很偶然地在一旁听下去，觉得这书不也很有味吗？这简直是个故事呀。于是我对书开始找到了一点缝隙，这是九岁多的事。地点是在江西景德镇，那时我父亲在那里做点小事。

十岁，我在南昌。在一位父执③的家馆里念书。他有两个孩子念书，另带我和一个小孩子，四个学生，共请了一位安徽老夫子（同乡）教书。那时有新书了，如《易字蒙求》《易字读本》之类，都带有图。我对这些带图的书，非常地感觉兴趣。先生并不曾和我们讲些什么，但看了这图，我可以略懂些书上的意义。后来我又转入一家较多的学生的私塾，有大半学生读《蒙字读本》。那书共二册，是浅近的文言，而且每课有图。我虽不读，同学读着我在旁边听着，每课都印入我的脑筋，让我了解许多事。至于我自己呢，却念的是《左传》，先

---

① "三、百、千"即《三字经》《百家姓》《千字文》。

② "上下论"即《论语》上、下两册。

③ 父亲的朋友。

生应了我父亲的要求，望文随解一遍，我实在是不懂。同时，先生又为我讲《二论引端》，这是用朱注和一些浅文注解《论语》的书，但我还是不大懂。不过我另有个办法，同学念《论语》，带着白话解的，我借同学的看，我就懂了。

十一岁，我和父亲到江西新城县（现在的黎川县）去。家里请了一位同乡端木先生，教我和我的弟弟，还有一位同乡子弟。正式开讲，我就了解所谓虚字眼了，但这并不是先生教的，还是由《四书白话解》那里看来的。这个时候，我自己有两个新发展：其一，是在由南昌到新城木船上发现了一本《残唐演义》，我四叔正读着，把我吸引住了，我接过来看下去。我就开始读小说了。上学以后，我父亲桌上有部洋装《红楼梦》，印得很美，我看过两页，不怎样注意。而端木先生却是个《三国》迷，他书桌上常摆一本《三国演义》。先生不来，我就偷着看，看得非常的有味。这书，帮助我长了不少的文字知识。其二，我莫名其妙地爱上了《千家诗》，要求先生教给我读诗。先生当然答应，但先生自己并不会作诗，除了教给我"山外青山楼外楼"就是"山外青山楼外楼"而外，并无一个字的讲解。但奇怪，我竟念得很有味，莫名其妙的有味。

十一岁半，我回到安徽潜山原籍，在本乡村里读书。这个读书的环境很好，是储姓宗祠附设的圣庙。庙门口一片广场，一棵大冬青树高入云霄，半亩圆塘围了庙墙。庙里只有三个神龛，其余便是大厅和三面长庑，围了个花台子。我和弟弟靠墙和窗户设下书桌。窗外是塘，塘外是树，树外是平原和大山。因为我已读过《千家诗》，对我的读书帮助不少。但先生是个老童生，一脑子八股，同学全是放牛小孩，完全和我城市的同学异趣。也唯其如此，我成了铁中铮铮了。这时我自己有一部更好的《四书白话解》，而且有精细的图。我在图上看懂了乘是八马拖的战车，我又了解了井田是怎么个地形，抄他一句成语："文思大进"。因此，半年之内除了《礼记》，我把"五经"念完了。先生来了个"得天下英才而教之，一乐也"，要我作八股，居然逼得我作成了"起讲"，又要我作试律诗，这就吃不消了。一个虚岁十一岁的小孩子怎么会平对仄，红对绿呢？我被先生逼得无法可治，只有拿了一部诗韵死翻。就这样填鸭式的，在半年之内，我搞懂了平仄，而对《千家诗》也更觉有味了。

这一些，可以说先生没教我，全是瞎猫碰死耗子，我胡乱碰上的。而我真正感到有味的，还是家藏的两部残本小说，一部是大字《三国演义》，一部是《希夷梦》（又名《海国春秋》）。另有一部《西厢记》，我却看不懂。后来，又看到一本残缺的《七国演义》，就是孙庞斗智的一幕，我也深深地印在脑筋里。不过，这时我已懂得《左传》，也把它当故事看。直到现在，我还能记得《左传》上一些字句，可以说是那故事性的文字引动我的。

三

跌进小说圈

我在了解字义以前是很不幸的，没有遇到过一个好先生。十三岁的时候，我又回到了江西，并随家回到了新淦县三湖镇。那个地方是产橘子的地方，终年是满眼的绿树。一条赣江长时流着平缓而清亮的水，我家住在这平河绿树之中，对于我这个小文人颇增加了不少的兴趣。父亲把我送到一个半经半蒙的私馆里读书（经馆是教授可以作文的学生。科举时代，得读九年经馆才有能力去考秀才），所谓"出就外傅"，我就住在学校里。这学校是家宗祠，橘林环绕，院子里大树参天，环境很好。先生姓萧，是个廪生，人相当的开通，对学生取放任主义，对我尤甚。我和三个同学有一间屋子可读夜书，夜书只是念念古文，我非常的悠闲。同室有位管君，家里的小说很多，不断地带来看。我在两个月之内，看完了《西游》《封神》《列国》《水浒》《五虎平西南》。而我家里，上半部《红楼梦》和一部《野叟曝言》，我一股脑儿全给它看完了。这样，使我作文减少了错别字，并把虚字用得更灵活。六七月间，先生下省考拔贡，出了十道论文给我作，我就回家了。

父亲办事的地方是万寿宫。我白天不回家，在万寿宫的戏台侧面，要了一段看楼，自己扫抹桌子，布置了一间书房。上得楼去，叫人拔去了梯子，我用小铜炉焚好一炉香，就做起斗方小名士来。这个毒是《聊斋》和《红楼梦》给我的。《野叟曝言》也给了我一些影响。那时，我桌上就有一本残本《聊斋》，是套色木版精印的，批注很多，我在这批注上懂了许多典故，又懂了许多形容笔法。例如形容一个很健美的女子，我知道"荷粉露垂，杏花烟润"，是绝好的笔法。我那书桌上，除了这部残本《聊斋》外，还有《唐诗别裁》《袁王纲鉴》《东莱博议》。上两部是我自选的，下两部是父亲要我看的。这几部书看起来很简单，现在我仔细一想，简直就代表了我所取的文学路径。我在楼上干些什么勾当，父亲未加干涉，也很少同学找我。约莫是两个月工夫，我自己磨炼得仿《聊斋》、仿《东莱博议》的笔法作文。当然那是很幼稚的，因为用字的简练，甚至于不通。但先生出的十道论题，我全交卷了。尤其是一篇《管仲论》，交卷的时候，先生竟批改了，让父执传观。一个十三四岁的孩子，受不得这荣宠，因之引起了我的自满，自命为小才子。

这年冬，回到了南昌。父亲母亲回家乡了，留下我和弟妹，托亲戚照料。没人管我，我更妄为。我收拾了一间书房，把所有的钱，全买了小说读。第一件事，我就是把《红楼梦》读完。此外，我什么小说都读，不但读本文，而且读批注。这个习惯，倒是良好的。我在小说里，领悟了许多作文之法。十五岁的时候，家里请了一位徐先生教我，这先生是徐孺子后代，他们家传，是不应科举，不做官的。

先生很古板，没教会我什么。只是他那不考科举不做官的作风，给了我一个很深的印象。我这时本已打进小说圈，专爱风流才子高人隐士的行为，先生又是个布衣，作了活榜样，因之我对于传统的读书做官说法，完全加以鄙笑，一直种下我终身潦倒的根苗。小说会给我这么一个概念，我很不理解。恐怕所有读小说的人，也很少会和我这样受到影响的吧？

四

礼拜六派[①]的坏子

十五岁的秋季，父亲因我的要求，允许我进了学堂，受新

---

① 出现于民国初年的文学流派，因以《礼拜六》周刊为主要阵地而得名。主张将文学当作消遣品，专写才子佳人的种种哀情、艳情、苦情的小说，属言情小说流派。

教育。因为我国文还可以，我插进大同小学三年级（毕业是四年，那时高小课程约等于现在初中二年级）。校长周六平先生是个维新人物，他教书的时候常常讥笑守旧分子，而且不时地叙述清朝政府的腐败，我也就是他讥笑的一个。我受着很大的刺激，极力向新的路上走。于是我除了买小说，也买新书看。但这个时候的新书能到内地来的，也无非是《经世文篇》《新议论策选》之类。我能找到一点新知识的，还是上海的报纸。由报纸上，我知道这世界不是四书五经上的世界，我也就另想到小说上那种风流才子不适宜于眼前的社会。我一跃而变为维新的少年了。但我的思想虽有变迁，我文学上的嗜好却没有变更，我依然日夜读小说，我依然爱读风花雪月式的辞章。因我由《水浒》的圣叹外书上，知道《西厢》《庄子》，是他所鉴赏的书，我又跟着看《西厢》，看《庄子》。对于《庄子》，我只领略了较浅的《盗跖》《说剑》两篇；而对整个《西厢》，却有了文学上莫大的启发，在那上面，学会了许多腾挪闪跌的文法。

十六岁半，我考进了甲种农业学校（约等于现在的专科）。论我的年岁，是不足进那时的中学的。我冒报年岁为十九岁。我在学校里，看到同学都是二十多岁的人。我私心很自傲，但是这却让我自己害了自己。除了英文勉强可以跟得上而外，其余代数、几何、三角、物理、化学，没有一项不赶得头脑发昏。因之，没有时间让我再去弄文学。只有假期的时候，可以看看小说而已。这时，我有两个新发现。第一，我读《儒林外史》，对于小说的描写，知道还有这样一种讽刺手法；跟着就读了《二十年目睹之怪现状》和《官场现形记》。第二，我偶然买了一本《小说月报》看，对于翻译的短篇小说，非常地欣赏，因之我又继续看林译小说①。在这些译品上，我知道了许多的描写手法，尤其心理方面，这是中国小说所寡有的。这个时候，我读小说已脱离了故事的消遣，而为文艺的欣赏了。因此，我另赏识了一部辞章小说《花月痕》。《花月痕》的故事对我没有什么影响，而它上面的诗词小品以至于小说回目，我却被陶醉了。由此，我更进一步读了些传奇，如《桃花扇》《燕子笺》《牡丹亭》《长生殿》之类。我也读了四六体的《燕山外史》和古体文的《唐人说荟》。

这个阶段，我是两重人格。由于学校和新书给予我的启发，我是个革命青年，我已剪了辫子。由于我所读的小说和词典，引我成了个才子的崇拜者。这两种人格的融化，可说是民国初年礼拜六派文人的典型，不过那时礼拜六派没有发生，我也没有写作。后来二十多岁到三十岁的时候，我的思想不会脱离这个范畴，那完全是我自己拴的牛鼻子。虽然我没有正式作

① 流行于清末民初的林纾（琴南）译的小说。

过礼拜六派的文章，也没有赶上那个集团。可是后来人家说我是礼拜六派文人，也并不算十分冤枉。因为我没有开始写作以前，我已造成了这样一个坯子。

五

我的无名处女作 [①]

十七岁上半年，我已经读了几百种小说了。在亲戚朋友的家庭中，没有人不知道我是个小说迷。我家里的弟弟们和亲戚的小孩子们，有了空闲就常常要我讲小说给他们听。我要卖弄我的腹笥，当然我也乐于接受他们的要求。他们所爱听的，不外是神怪和武侠一类的故事。关于这一类故事，我自然是俯拾即是。可是我往往随便说着，自己就加了许多的穿插进去，而且我这穿插总是博得他们赞许的。这增加了我的兴趣，我何不由我的意思也来写一篇小说？青年人没有顾忌，也没有谁来干涉，我就开始写我第一部小说了。

这篇小说，是为弟妹们写的，当然我就写了他们最欢迎的武侠故事。这篇小说叫什么名字，我已经忘了，反正有个侠

---

① 无名处女作写于十三岁，可参看其他文章。

字吧。书里的主人翁是个十四岁的小孩，力大无穷，使两柄一百八十斤的铜锤，犹如玩弄弹丸一般。他开始的一幕也就是完结的一幕，是使两柄铜锤，在庄前打虎。当然，老虎被这小英雄征服了的。老虎完了，这小英雄也就完了。因为我写过小说，以后才发现：写了两三天，拿来给他们讲解时，不到一小时就完了。我自己感到这是一个供不应求的艰巨工作，我就停止没有向下写了。

我还记得，这个稿本是竹纸小本，约有五寸见方，我用极不工整的蝇头小楷，向白纸上填塞。有时觉得文字叙述还不够劲，我特意在里面插上两幅图画。当然，我是个中学生了，多少能画几笔。所画的那位小英雄是什么样子，我也印象不清了，只是那两柄铜锤，却夸张地画得特别大，总等于人体的二分之一。那只老虎实在是不像，我拿给弟妹们看时，他们说像狗。这给予了我一个莫大的嘲笑，恰应了那个典——"画虎类犬"了。

在这年里，我得补叙一句的，就是那位教我八股的储先生，他也来到了南昌，教我弟妹们的书。他原是教过试律诗的。他说我有诗才，劝我作诗，他可以从旁指点。对于这，我欣然从命。但他不会写作古近体，只写得五言八韵的试律。于是介绍我读了几本试律诗集，并出了几个诗题我作。我慢慢地凑，居然可以完篇。我记得在"两个黄鹂鸣翠柳"一题里，我有这样十个字："枝横长岸北，树影小桥西。"储先生给我打了密圈。后来我懂一点诗，觉得这根本不合题。但我初学作诗，确是这样胡乱堆砌的。这作风，大概维持了两三年之久。

六

躐等的进修

十八岁，我父亲提议要我到日本去留学，但我好高骛远要到英国去，我并没有考虑到我还没有念过两册英文哩。在这个时候，我遭遇到了终身大悲剧，我父亲以三天的急病而去世了，那是民国元年秋季的事。我家完全靠我父亲糊口，父亲一死，家里立刻就穷了。我母亲三十六岁居孀，下面还有五个弟妹，怎么得了呢？于是她带了我们子女回老家潜山，靠薄田数亩过活。母亲手上没有积蓄，就再不能供给我的学费。这个打击我实在难受，在乡下闷住了半年，只是看些旧书，又苦闷又躁急，放下书本，整日满原野胡跑。我有一位从兄，那时在上海当小公务员，他写了一封信给我，叫我到上海去给我想办法。十九岁这年春天，我到了上海。这时中山先生办的蒙藏垦殖学校北移未成，设在苏州。校长是陈其美，正在招生。我因这学校与农业相近，就前去投考。考得很容易，除了一篇国文，只有两道代数，几个理化题目。榜发，我被录取了。我对此事，高兴得不得了。因为我中学没毕业，我又跳进专门了。亲友们帮忙，凑些款，让我缴了学膳费，我就到苏州去读书。

垦殖学校，设在阊门外留园隔壁盛宣怀家祠里。房子又大又好，我宿舍窗外，就是花木扶疏的花园。隔壁留园的竹林，在游廊的白粉墙上，伸出绿影子来看人。这个读书环境，是我生平最好的待遇。不过我还是不幸，这学校经费不足，陈校长辞职了，换了个姓仇的代理。姓仇的在北京，校务根本没人负责，学校里常常停课。而我又是个穷学生，连买纸笔的钱都没有。我怀念我的亡父，我忧虑我一家妇孺孤独，我更看到我前进学业的渺茫，我时常站在花园里发呆。这些愁苦无从发泄，我就一发之于诗。有时也填一两阕小令，词句无非是泪呀血呀穷病呀而已。有几个同学看到，颇为我同情，居然还结交了两个诗友呢。这里我得补叙一句的，就是在乡下半年，我自修作近体诗，并看看《白香词谱》一类的词书。

民国初年，中、大学生的国文程度都是很好的，大概也就由于他们都念过私塾的缘故。有人说，那个时候青年的国文很好，科学却是不行。其实也不尽然，现在许多名教授不都是那时的学生吗？不过思想上不如现代青年那样进步，那却是事实。在垦殖学校里，我实在还没有幻想到吃小说饭，我依然是个科学信徒。不过有些同学劝我走文学这条路，并以垦殖学校前途黯淡劝我早做良图。可是我穷得洗衣服的钱都没有，我能做什么良图呢？

七

第一次投稿

由于我穷，我也就开始自找出路。我不是喜欢看《小说月报》吗，我每月总要节省两角钱，买一期《小说月报》看。在背页的广告上，月报有征求稿件的启事，并定了每千字三元。我很大胆的，要由这里试一试。那时学校里正因闹风潮而停课。我就在理化讲堂上偷偷地作起应征的小说来。为什么偷偷地呢？就由于怕人家笑我不自量力。这理化讲堂是一幢小洋楼，楼下是花圃，楼外是苏州名胜留园，风景很好。我一个人坐在玻璃窗下，低头猛写。偶然抬头，看到窗外竹木依依，远远送来一阵花香，好像象征了我的前途乐观，我就更兴奋地写。

在三日的工夫里，我写起了两个短篇，一篇是《旧新娘》，是文言的，约莫有三千字。一篇是《桃花劫》，是白话的，约四千字。前者说一对青年男女的婚姻笑史，是喜剧。后者写了个孀妇自杀，是悲剧。稿子写好了，我又悄悄地付邮，寄去商务印书馆《小说月报》编辑部。稿子寄出去了，我也就是寄出去了而已，并没有任何被选的幻想。因为我对《小说月报》的作者，一律认为是大文豪，我太渺小了，我怎能做挤进文豪队里的梦呢？

事有出乎意料，四五天后，一个商务印书馆的信封，放在我寝室的桌上。我料着是退稿，悄悄地将它拆开。奇怪，里面没有稿子，是编者恽铁樵先生的回信。信上说，稿子很好，意思尤可钦佩，容缓选载。我这一喜，几乎发了狂了。我居然可以在大杂志上写稿，我的学问一定很不错呀！我终于忍不住这阵欢喜，告诉了要好的同学，而且和恽先生通过两回信。但是我那两篇稿子，一月又一月，一年又一年，直等恽先生交出《小说月报》给沈雁冰先生的那一年，共是十个年头，也没有露脸。换句话说，是丢下字纸篓了。

这是我第一次投稿，也是我第一次作品流产。

八

第一部长篇

垦殖学校既是自身多故，又有个政治背景，在民国二年讨袁之后，这个学校解散了，我没钱，不能做考第二个学校打算，又回了老家。我已是真正的十九岁了。找职业，我太年轻，也无援引。务农，我没有力气，这也不是中途可以插班的。那么，就在家里待着吧。好在家里还有些旧书，老屋子空闲的又多。于是打扫了一间屋子，终日闷坐在那屋子里看线装书。

这屋子虽是饱经沧桑，现时还在，家乡人并已命名为"老书房"。这屋子四面是黄土砖墙，一部分糊过石灰，也多已剥落了。南面是个大直格子窗户，大部分将纸糊了，把祖父轿子上遗留下来的玻璃，正中嵌上一块，放进亮光。窗外是个小院子，满地青苔，墙上长些隐花植物瓦松，象征了屋子的年岁。而值得大书一笔的，就是这院子里有一株老桂树，终年院子里绿荫荫的，颇足以点缀文思。这屋子里共有四五书箱书，除了经史子集各占若干卷，也有些科学书。我拥有一张赣州的广漆桌子，每日二十四小时，总有一半时间在窗下坐着。

我为什么形容这个黄土屋子如此详细呢？这在我家庭，是有点教育性的。直到现在，我的子侄们对于这书房还有点圣地的感想。提起老书房，他们就不好意思不念书。也就由于我在这里自修自写，奠定了我毕生的职业。我看书之外，在这里就是写作了。这与其说是写作，不如说是脱闷。因为当时有些乡下人的眼光，是非常势利的。他们对我这一无所成的青年，非常之瞧不起，甚至当面加以嘲笑。我已说过，我中了才子佳人的毒，而又自负是革命青年，对于乡下人那种升官发财的勉励，我实在听不入耳。然而我又形单影只，抵敌不了众人的非难，因之我就借写作来解闷。在我书桌上，有好几个稿本，一本是诗集，一本是词集，还有若干本，却是我新写的长篇小说《青衫泪》。在这个书名上，可以知道我写的是些什么。这书是白话章回体，除了苦闷的叙述和幻想的故事，却有不少诗词小品，我简直模仿《花月痕》的套子，每回里都插些辞章。

十九岁的青年，又没经过名师指点，懂得什么辞章？那个时候，我爱看《随园诗话》。诗重性灵，又讲率易。我幼稚万分，偶用几个典，也无非填海补天耳熟能详的字句。把这种诗去学《花月痕》的作者魏子安，可说初生犊儿不怕虎。至于词，更是可笑。我除读过《白香词谱》而外，名人的词没念过五十阕。这种讲声韵辞藻的东西，我怎么会弄得好？这部小说，我共写过十七回，也没有完卷。这是由于后来读书略有进益，觉得这小说太不够水准，自己加以放弃了。

这是我第一部长篇，未完成的"大杰作"。

九

失学之后

二十岁的春天，我又独自地到了南昌。因为那里还有一些亲友。青年人，不能闲散。我于是挪挪扯扯，找些款子，进了一个补习学校，补习英语。我的意思，当然还是想加深功课，去考大学。但只补习了半年，经济来源断绝，把学业放弃了。那是民国四年，九、十月间，我因为有一位族兄和一位本家在汉口，搞文明新戏和小报，我冒着危险，借了一笔川资到汉口去。

我那位本家，在小报馆里当独角编辑。我去了，他倒是很欢迎，天天让我写些小稿子填空白。我寄寓在一家杂货店楼上，我和族兄住在一处，本也很无聊，天天到小报馆去混几小时，倒也无可无不可。但又有个意外，我那种小稿居然有人看，有人说好，虽不得钱，却也聊以快意。本来在垦殖学校作诗的时候，我用了个奇怪的笔名，叫"愁花恨水生"。后来我读李后主的词，有"自是人生长恨水长东"之句，我就断章取义，只用了"恨水"两个字。当年在汉口小报上写稿子，就是这样署名的。用惯了，人家要我写东西，一定就得署名"恨水"。我的本名，反而因此湮没了。名字本来是人一个记号，我也就听其自然。直到现在，许多人对我的笔名有种种的揣测，尤其是根据《红楼梦》，"女人是水做的"一说，揣测的最多，其实满不是那回事。

在汉口住了几个月，毫无成就，我族兄介绍我进文明进化团演戏。这是笑话，我怎么会演话剧呢？平生没想到这件事。但主持人李君磐先生，他倒不一定要我演戏，帮着弄点宣传品，写写说明书，也就让我在团里吃碗闲饭。于是我随这个进化团到湖南常德，又到澧县。在这团里久了，所谓"近朱者赤"，我居然可以登台票几回小生，我还演过《卖油郎独占花魁》的主角。事后想来，简直是胡闹。

二十一岁，夏季，我随进化团的人，一同到了上海。这时，有几个同乡的文字朋友，住在法租界，我就住在他们一处。那时的穷法我不能形容，记得十月里，还没有穿夹袍子。其间我又害了一场病，脱了短夹袄，押点钱买中药吃。病好了，上海我就再也住不下去了。

十

一节流浪小史

二十一岁，冬季，我又回到了故乡。这次我下了决心，不再流浪了，又在老书房里自修下去，而我写作的兴趣却不因之减少，也就是上面那话，拿来解闷。这时写小说，我改了方向，专写文言中篇。两个月内，我写成了两个中篇，一篇是《未婚妻》，一篇是《紫玉成烟》。这两篇都是文言的。我写好之后，也没有介意，就随便放在书箱里。同时，我作了一篇笔记，叫《楼窗零草》。此外的工夫，我都消磨在作近体诗里。

二十二岁的春天，因为我族兄在上海吃官司，我受了本家之托，到上海去为他奔走一切。那时我到苏州去了一趟，遇到了李君磐先生。他有意带个剧团到南昌去，叫我和他到南昌为之先容①。我利用了别人给我的川资，又流浪了几个月，一无所成。冬季还家。在这个时期里，我没有写什么东西，只写了一点不相干的游记而已。二十三岁的春天，友人郝耕仁，他看我穷愁潦倒，由他故乡石牌②，专门写信来约我一同出游。他是个老新闻记者，那时已三十岁了。他作得一手好古文，诗也不错，并能写魏碑，我们可说是文字至交。而他又赋性倜傥不羁，这点我们也说得来。于是我就应了他的约，在安庆会面，一同东下。

到了上海，郝君有两个朋友，要他到淮安去。但谋事的前途，并无把握。而郝君却是少年盛气，不顾那些。他在上海又借了点钱，尽其所有，全买了家庭常备药。我问他什么意思？他说要学学老残，一路卖药，一路买药，专走乡间小路，由淮河北上，入山东，达济南，再浪迹燕赵。我自然是少不更事，有他这样一个老大哥引路，还怕什么的，就依了他的主张，收拾了两小提箱药品，由镇江渡江，循大路北上。郝君少年中过秀才，又当过小公务员，入世的经验自比我多。因之，我更不考虑前途的困巨。

① 宣传、介绍引进。
② 今安徽潜山市石牌镇。

一路行来，由仙女庙而邵伯镇。晚投旅店，郝君还是三块豆腐干，四两白酒，陶陶自乐。醉饱之余，踏月到运河堤上去，我们还临流赋诗呢。可是这晚来了个不幸的消息，前途有军事发生。店主人也是个斯文人出身，他看到我们不衫不履，情形尴尬，劝我们快回去。但是我们打算卖药作川资的，只有来的盘缠，却没有去的路费，那怎么办呢？于是店主人介绍一家西药店，把我们带的成药，打折扣收买了。而且风声越来越紧，店主把我们当了祸水，只催我们走。次日傍晚，我们就搭了一只运鸭的木船前往湖口，以便天亮由那里搭小轮去上海。在这段旅程中，我毕生不能忘记。木船上鸡鸭屎腥臭难闻，蚊虫如雨。躲入船头里，又闷得透不出气，半夜到了一个小镇，投入草棚饭店，里面像船上统舱，全是睡铺。铺上的被子，在煤油灯下，看到其脏如抹布，那还罢了，被上竟有膏药。还没坐下呢，身上就来了好几个跳蚤。我实在受不了，和郝君站在店门外过夜。但是郝君毫不在乎，天亮了，他还在镇市上小茶馆里喝茶，要了四两白酒，一碗煮干丝，在会过酒账之后，我们身上，总共只有几十枚铜圆了。红日高升，小轮来到，郝君竟唱着谭派的《当锏卖马》，提了一个小包袱，含笑拉我上船。

　　这次旅行，我长了许多见识。而同时对郝君那乐天知命的态度，我极其钦佩。到了上海，我就写了一篇很沉痛而又幽默的长篇游记，叫《半途记》。可惜这篇稿子丢了，不然，倒是值得自己纪念的。在这次旅途中，我两人彼唱此和，作了不少诗。而和郝君的友谊，也更为加深。到了上海，我们在法租界住了几个月。我是靠郝君接济，郝君是靠朋友接济。我们在寓楼上，除了和朋友谈天，就是作诗。有时我们也写点稿子，向报馆投了去。我们根本没打算要稿费，都是随时乱署名字，也没有留什么成绩。由此我已知道投稿入选，并非什么难事了。

十一

写作出版之始

上面这段流浪生活，我为什么写这样多呢？因为这和我的写作是大有关系的。一来和郝君盘旋很久，练就了写快文章。二来他是个正式记者，经了这次旅行，大家收住野马的心，各入正途，我也就开始做新闻记者了。

我已不敢在上海过冬，上次几乎病死在上海，有了莫大的教训。在西风起，北雁南飞的日子，我就回故乡了。

这时，我更遭遇着乡人讥笑，以为我是一个绝对无用的青年。甚至有人说读书如读得像我一样，不如让孩子们看一辈子牛。我也不和乡人深辩，我倒是受了郝君的影响，致力古文。我家里有许多林译小说，都拿出来仔细研究一番。过了两个月，郝君也回来了。他写信告诉我，我写的那篇《未婚妻》，放在网篮里，没有带回，经朋友传观，十分赞美。有家无锡报馆①的编辑，把这稿子拿去了，有心约我去帮忙。同时，芜湖有家报馆②要他去当总编辑。但他开春要到广东去，愿意把职位让给我。我得了这消息，十分高兴，高兴得有一份职业还在其次，而我写的小说居然有被人专约的资格，这是我立的志愿有些前途了。于是我根据《未婚妻》那个中篇笔法，再写了一篇《未婚夫》。

苦闷地在家里度过残年，凑了三元川资，由家乡去芜湖。工作进行得很顺利，和报馆当事人一席谈话，就约定了我当总编辑，当时就搬进报社去住。当年内地的报纸，除了几条本埠新闻，完全是用剪刀。那家报馆剪材料的另有专人，我的责任是两个短评和编一版副刊。副刊本来也是剪报的，我自然不肯这样干。我自己新写了一个长篇，叫《南国相思谱》，完全是谈男女爱情的。

那时我才足二十四岁，这样的小说名字，我并没有感到过于艳丽。于今想起来倒有些言之赧然了。同时，我每日写一段小说闲评。另外我找了两个朋友的笔记，也放在副刊里连载。这个举动在芜湖新闻界，竟是打破纪录的，于是也就引着有人

① 指《锡报》。

② 指芜湖《皖江报》。

投稿了。

居停的太太喜欢看我写的小说，居停却赞美我的小说闲评。报社除供我膳宿之外，本来月给薪水八元，因为主人高兴，增加了百分之五十，加为十二元。我反正没有嗜好，这时又没有家庭负担，也就安居下去。

在芜湖住了两个月，觉得很闲。而箱子里只带了一部《词学全书》，一部《唐诗十种集》，又无书可看。于是我借了多余的工夫再写小说。我先写了一个短篇，叫《真假宝玉》，是讽刺当年演《红楼梦》老戏的，试寄到上海《民国日报》去。去后数日，编者很快来信，表示欢迎。因之，我又写了一个中篇章回，叫《小说迷魂游地府记》，也投寄《民国日报》，他们连载了将近一月，竟引起上海文坛很大注意。这两篇都是白话体，前者约三千字，后者约一万字。后来这两篇小说，被姚民哀收到《小说之霸王》的集子里去了。把我的写作印在书本子里，这是第二次。第一次是民国五六年的事，那时天虚我生①编《新申报》的《新自由谈》，他曾征"秋蝶诗"，限用王渔阳《秋柳》原韵。我应征作了四首，录取了一部分，载在天虚我生的《苔岑录》里面。抗战时在重庆遇到陈先生，我还谈及此事，他觉得恍如隔世了。

---

① 时任《新自由谈》编者陈蝶仙的笔名。

当年写点东西，完全是少年人好虚荣。虽然很穷，我已知道靠稿费活不了命，所以起初的稿子，根本不是由"利"字上着想得来。自己写的东西印在书上，别人看到，自己也看到，我这就很满足了。我费工夫，费纸笔，费邮票，我的目的只是满足我的发表欲。

十二

北京的初期

这是民国八年，夏初，"五四"运动发生了。当然，我受着很大的刺激。就在这运动达最高潮之时，我因有点私事到上海去，亲眼看到了许多热烈的情形。因此我回到芜湖，那一颗野马尘埃的心又颤动了。我想，我还不失求学的机会，我在芜湖这码头上住下去，什么意思呢？于是我一再地向社方请辞，要到北京去。社方因我待遇低廉，不肯让我走，拖了两三个月。

我为什么要到北京去呢？因为有几个熟人，他们都进了北大。他们进北大，并非是考取的。那是先做旁听生，做过一年旁听生，经过相当的考验，就编为正式生了。这样一条捷径，我又何妨走走。自然我还是没有学杂费，但朋友们写信告诉我，可以来北京半工半读。在这年秋季，于是我把所有的行李当卖了，又在南京亲友那里借了十块钱，我就搭津浦车北上。到了北京，我是住在一位姓王的朋友那里，他是一个人住在会馆，而终日在黄寺办公，有时还不回来，就把他的房子让给我住，并给我介绍了一份职业，在一个驻京记者 [①] 办事处那里，帮同人处理新闻材料。

一切都有了安定办法了。可是所得的工薪每月只一十元，仅仅够吃伙食的，我得另想办法。那时，成舍我君在《益世报》当编辑，他就介绍我到《益世报》当助理编辑，月给薪水三十元。说是助理编辑，其实是校对，我的职务乃是看大样。后来看大样的又增加了一个人，工作减少了，月薪也减少了，减为二十五元，在驻京记者那里，工作时间是上午九点到十二点，下午两点到六点。在《益世报》是晚间十时到天亮六时，我的休息时间是那样的零碎而不集中，我的睡眠时间也就是片断的几小时。这样，绝不让我有时间再去读书了。

这样有一年之久，《益世报》调我为天津版通讯员，薪水补足了三十元。同时，在驻京记者那里薪水也增加到三十元，我的收入是加了。除了伙食，实在花费不了。于是我除了每月寄一部分款子回家而外，我又有钱买书了。这时，我对词有了

---

① 指秦墨晒，当时为《时事新报》拍发新闻电报。

更深的嗜好，买的书也以词类为多。工作之外，我在会馆里休息，把时间都浪费在填词上。不过在新文化运动勃兴之时，这种骸骨的迷恋实在是不值得。于是我又转了个方向去消磨工余时间，进了商务印书馆的英文补习学校。

在工作那样忙碌的时候，我还要去自修英文，朋友们也都笑我是牛马精神。可是我也想着我若不这样干，我形单影只地在北京，又怎么去安排我的时间呢？也就为此，我没有写较长的文稿。到北京来的初期，可以说我完全是机械地做着新闻工作。

十三

新闻工作的苦力

在北京的第二年，芜湖有家报馆 ① 约我替它写篇小说。我就以当时安徽的自治运动，写了一个上八万字的长篇，叫作《皖江潮》。这部小说特别地带着安徽地方色彩，在他省人看来，是会减少兴趣的。所以那篇小说能登在报纸上也就算了事，并无任何出版计划。但芜湖的学生却利用了这小说里的故

---

① 指《皖江报》。

事，一度编为剧本，并曾公演。我的文字搬上舞台，这要算是初次了。

因为前两年我在《民国日报》投稿的缘故，在通信上我神交了几位文人。他们反正是离不开副刊和小报的，也就常有信来，约我写些散稿。可是当年上海那地方除了几家大报馆，给稿费是没那回事。纵然特约你写稿子，那稿费也极其渺茫。那些朋友约我写稿，都曾出到两元钱一千字，其始我也觉得不无小补，很努力地写了稿子寄去。而且化名是多多益善，以便一天刊出好几篇。然而我始终没有接到过什么稿费，至多是寄些邮票来，我也就兴味索然了。

不过在新闻工作上，我却是成日地忙。除了那个驻京记者办事处之外，我自己也担任了两份新闻专责。一份还是和天津《益世报》写通讯，一份是芜湖《工商日报》的驻京记者。由上午九点钟起到下午五六点钟止，我少有空闲的工夫。由民国八年秋季起，到民国十年冬季止，我就这样忙下去。其间只是十一年的旧历年，我回了一趟芜湖探访母亲，此外没有离开北京。因为我为了弟妹们念书，已托二弟把家眷送到芜湖住家了。我是个失学青年，我知道弟妹们若再失学，那是多大的痛苦，所以我把在北京得到的薪资，大部分汇到南方去，养活这个家；也唯其如此，我成了新闻工作的苦力，没有心情，也没有工夫，再去搞什么文学。

十四

通讯文字收入甚丰

十二年，我的新闻工作格外加忙了。在一家通讯社^①当总编辑，也就住在这通讯社里。那待遇是可笑的，每月只二十几元。我因为有房子住，有水电供应，所以乐于接受。不过谈起那时候的通讯社的组织，现在几乎令人不相信。一个新闻机关，没有邮电的新闻来源，也没有外勤记者。除了社长在茶余酒后得来的道听途说的新闻而外，并无新闻稿子供给。请问，我这总编辑是怎样的当法呢？我没有那胆量天天造谣，我也不能把我所得的一点新闻全部送给通讯社。我得了社方的谅解，只是找些内地各省来的报，改头换面，抄写几段。这自然是不忠实的，但绝对没有造谣，倒也问心无愧。干了几个月，我决计不干这闭门造车的新闻，我就搬到我自己的会馆里去住。这会馆没有什么同乡，我一个人拥有两间小屋子，倒是很舒服的。

---

① 指北京世界通讯社。

这两三年来，天天的新闻文字，要写好几千字，笔底下是写得很滑了。只要有材料，我可以把一篇通讯处理得很好，而且没有什么废话。于是我认识了几位名记者，上海的《申报》《新闻报》都约我写通讯。这两家报馆对于北京通讯，极肯花钱，一经取录每篇通讯十元。材料好，写上篇通讯，是不会费一小时以上的工夫的。我也为了人家的报酬丰厚，抱定不拆烂污主义，有材料才写，没有材料决不敷衍成篇。而且写的时候，将一篇文言，总写得它十分清楚流利。于是在"新""申"两报方面，信用都很好，写去的通讯很少不登的。大概每月所得总在一二百元。那个时候的一二百元，是个相当引人羡慕的数目。至于我的署名，也不下七八个，现所记得的，就只有一个"随波"。

十五

关于《春明外史》（一）

在我生活转好的时候，我也很想减少我的工作，以便抽些工夫出来读书。可是我的家已经由乡间转入城市，而弟妹们又都进了学校，我的负担却逐渐地加重，自己考虑之下，工作还是减少不得。于是我到北京来读书的计划，经过三年的拖延，只得完全放弃。相反地益发就钻进工作圈子，多做些事。这期间我曾与成舍我君两度合作，一度是《今报》，一度是联合通讯社。但时间都不久，工作又停止了。最后，成君在手帕胡同办《世界晚报》，又约我和龚德柏君共同合作。起初，我们都是编新闻。副刊叫《夜光》，由余秋墨编辑。成君已知道我在南方很写过几篇小说，就要我给《夜光》写个长篇。这原是我最高兴做的事，我并没有要求任何条件，就答应了写。又由于民国初年，许多外史之类的小说，给我的印象很深，我就把我写的小说，定名为《春明外史》。

《春明外史》，本走的是《儒林外史》《官场现形记》这条路子。但我觉得这一类社会小说犯了个共同的毛病，说完一事，又递入一事，缺乏骨干的组织。因之我写《春明外史》的起初，我就先安排下一个主角，并安排下几个陪客。这样，说些社会现象，又归到主角的故事，同时也把主角的故事发展到社会的现象上去。这样的写法，自然是比较吃力，不过这对读者，还有一个主角故事去摸索，趣味是浓厚些的。当然，所写的社会的现象，绝不能是超现实的，若是超现实，就不是社会小说了。因之这篇稿子，在《世界晚报》发表以后，读者都还觉得很熟识，说的故事中人，也就如在眼前。而这篇小说也就天天有人看。

这给予我一个很大的鼓励，更用心地向下写。余秋墨君另有专职，《夜光》只编了一个月，就转交给我了。于是我编副刊兼写小说，把《世界晚报》的新闻编辑放弃。我虽入新闻界多年了，我还是偏好文艺方面，所以在《世界晚报》所负的责任，倒是我乐于接受的。加之晚报创刊之时，我和龚君都是为兴趣合作而来，对于前途有个光明的希望，根本也没谈什么待遇。后来吴范寰君加入，也是如此。

这与写作好像无关，其实关系很大。因为我们决不以伙计自视，而是要共同做出一番事业的，所以副刊文字和小说，都尽了自己能力去写。

《春明外史》除了材料为人所注意而外，另有一件事为人所喜于讨论的，就是小说回目的构制。因为我自小就是个弄辞章的人，对中国许多旧小说回目的随便安顿，向来就不同意。既到了我自己写小说，我一定要把它写得美善工整些。所以每回的回目，都很经一番研究。我自己削足适履地定了好几个原则。一、两个回目。要能包括本回小说的最高潮。二、尽量地求其辞藻华丽。三、取的字句和典故，一定要是浑成的，如以"夕阳无限好"，对"高处不胜寒"之类。四、每回的回目，字数一样多，求其一律。五、下联必定以平声落韵。这样，每个回目的写出，倒是能博得读者推敲的。可是我自己就太苦了，往往两个回目，费去我一两小时的工夫，还安置不妥当。因为藻丽浑成都办到了，不见得能包括小说最高潮，不见得天造地设地就有一副对子。这完全是"包三寸金莲求好看"的念头，后来很不愿意向下做。不过创格在前，一时又收不回来。因之这个作风，我前后保持了十年之久。但回目作得最工整的，还是《春明外史》和《金粉世家》，其他小说，我就马虎一点了。在我放弃回目制以后，很多朋友反对，我解释我吃力不讨好的缘故，朋友也就笑而释之，谓不讨好云者，这种藻丽的回目，成为礼拜六派的口实。其实礼拜六派多是散体文言小说，堆砌的辞藻，见于文内，而不在回目内。礼拜六派也有作章回小说的，但他们的回目也很随便，不过我又何必本末倒置，在回目上去下功夫呢？

<h1 style="text-align:center">十六</h1>

<h2 style="text-align:center">关于《春明外史》（二）</h2>

《春明外史》写到十三回的时候，我就做了个结束，约莫是二十万字。为什么用奇数来结束呢？这也是我故意如此。人家说十三是个不祥的数目，我偏要这样试试。不过事后想来，那又何必？文字应该到哪里结束，就在哪里结束，拖长缩短都没有道理。这十三回做完了，本来也可以不写的。但社会小说像《官场现形记》似的，结束了再起楼阁，也并无所谓。而

《春明外史》的主角，我又没将他的行为结束，续下去更不困难，所以我又跟着写第二集。在写第二集的时候，许多朋友怂恿我将第一集出版。二弟啸空，他并愿主持发行，于是我就筹了笔款子，把书印起来。那时，我并没有多大的指望，只印了一千多本，事有出于意料的，仅仅两个月就销完了。

《春明外史》发行之后，它的范围不过北京、天津，而北京、天津就有了反应的批评。有人说，在"五四"运动之后，章回小说还可以叫座，这是奇迹。也有人说这是礼拜六派的余毒，应该予以扫除。但我对这些批评除了予以注意自行检讨外，并没有拿文字去回答。在"五四"运动之后，本来对于一切非新文艺、新形式的文字，完全予以否定了的。而章回小说不论它的前因后果，以及它的内容如何，当时都是指为"鸳鸯蝴蝶派"。有些朋友很奇怪，我的思想也并不太腐化，为什么甘心做"鸳鸯蝴蝶派"？而我对于这个派不派的问题，也没有加以回答。我想事实最为雄辩，还是让事实来答复这些吧！

在写《春明外史》二集的时候，《世界晚报》又出了日报，副刊《明珠》，归我编辑。社方又要我写个长篇。因为当时有一位姓张的朋友，他对于《斩鬼传》极力推崇，劝我作一篇《新斩鬼传》。我一时兴来，就这样作了。这篇小说虽根据老《斩鬼传》而作，但《斩鬼传》的讽刺笔法，却有些欠含蓄，我也是如此。后来这个书出版过了，沦陷期间，被上海文人删改过，更是有些走辙了。

同时，我给北京《益世报》也写了个长篇，叫《京尘幻影录》。这部书完全是写北京官场情形的，开始我也很卖力地写，到了后来很不容易拿着稿费，我就有些敷衍了事。但前前后后也写了两年多，总有五十万字以上。这部书我没有留底稿，也没有剪报。事后很想收回来重新修改，但已不能找补全份了。

这两个长篇，都是我写了《春明外史》，才被人约我写的，而我的全家那时都到了北京，我的生活负担很重，老实说写稿子完全为的是图利，已不是我早两年为发表欲而动笔了。所以没有什么利可图的话，就鼓不起我的写作兴趣。所以这两部小说，我都认为不够尺寸。不过我对《春明外史》要保持已往的水准，却是不拆烂污。约是一年多的时间，又写完十三回。这算是第二集。第二集的主要人物有许多未了的公案，我又不能不跟着写第三集。在写第三集的时候，那时是吴范寰君当经理，他合并一、二集，由社方出版，销行之后，以公平的办法，给予了我版税。在这里我必须补叙几句的，就是这几年间，我始终在《世界日报》《世界晚报》供职，并曾一度任日报总编辑。有道是树大招风，对《春明外史》的批评，就比以前多了。当然有一部分是对该书加以欣赏的，而竭力攻击的，也在所不免。但这里有一个意外的相遇，就是提倡新文艺的《晨报》也约我给他们写个长篇。于是我为他们写了一篇《天上人间》。《天上人间》我是用对比法写的，情、景、事我全用细腻的手法出之，自视是用心写的。因为《晨报》停刊，这篇小说没写完。后来无锡《锡报》转载，我又续了几回，中日战起，终于是不曾写完。直到去年，上海书商还有约我写完的要求。情过境迁，我又太忙，这部书将来是否可以搞完篇，我自己还不能知道。不过以全书布局言，所差不过是十分之二三，搞完它，倒也并非艰巨工作。

十七

关于《春明外史》（三）

《春明外史》第三集写完的时候，大概是民国十八年，由十二年夏算起，共是七个年头，约莫是五整年多。全书告竣之后，《世界日报》又合并出版全集，共是三十九回。第一集约是二十万字弱，第二集约三十万字，第三集有三十多万字，合起来共九十多万字。回目是由第一回到第三十九回，每回的回目，全是十八个字。后来我把这部书的版权卖给世界书局。根据历年人家的批评，将书里的错误加以修整，并把每回的字数划分整齐，除了分集的办法，就是现在印行的这个样子。当然回目也都改了。回目文字的工整，因改得太仓促，不及原样，但包括文字里的高潮，却又更恰合些。

《春明外史》里的人物，后来有许多人索隐，也有人当面问我，某某是否影射着某人。其实小说这东西，究竟不是历史，它不必以斧敲钉以钉入木那样实实在在。《春明外史》的人物，不可讳言的，是当时社会上一群人影。但只是一群人影，绝不是原班人马。这有个极好的证明，例如主角杨杏园这人，人家都说是我自写。可是书中的杨杏园死了，到现在我还健在。宇宙里没有死人能写自传的。

这部书，自是我一生的力作之一。但我自视，不能认为是我的代表作。第一，我的思想，时有变迁，至少我是个不肯和时代思潮脱节的人。《春明外史》主干人物，依然带着我少年时代的才子佳人习气，少有革命精神（有也很薄弱）。第二，以几个主干人物穿插全书，我也不妄自菲薄，是费了一番心血的。但主角的故事，前后疏落在一百万言的书里，时隐时现，究非良好办法。第三，有些地方，欠诗人敦厚之旨。换言之，有若干处，是不必要的讽刺。第四，我太着重那一段的时间性。文字自不能无时间性，但过于着重时间性，可以减少文字影响读者的力量。

在《春明外史》全书写完之后，我已写了十年的长篇，在社会的人海里，多少激起一点溅沫。因此，约我写小说的人就加多起来。同时，我也结交了许多朋友。由这部书发展开来，引人注意之作，有两部书，一是《金粉世家》，一是《啼笑因缘》。为了读者容易清楚，还是用这节文字的纪传体，而不走编年的路子。顺着次序，我先谈谈《金粉世家》，再谈关于《啼笑因缘》。

十八

《金粉世家》的背景

这是人人要问的，《金粉世家》，是指着当年北京豪门哪一家？"袁"？"唐"？"孙"？"梁"？全有些像，却又不全像。我曾干脆告诉人家，哪家也不是！哪家也是！可是到现在，还有人不肯信。但这些好事的诸公，都不能像对《春明外史》一样，加以索隐了。

我根据写《春明外史》的经验，知道以当时人，运用当时社会背景写小说，要特别加以小心。写小说的人是信手拈来，并无好恶，而人家会疑心你是有意揭发隐私的。小说就是小说，何必去惹下文字以外的枝节。所以我所取《金粉世家》的背景，完全是空中楼阁。空中楼阁，怎么能作为背景呢？再换个譬喻，乃是取的海市蜃楼。海市蜃楼是个幻影，略有科学常识的人都知道，这虽然是幻影，但并不是海怪或神仙布下的疑阵，它是太阳摄取的真实城市山林的影子，而在海上反映出来。那和照相的原理，并无二致。明乎此，就知道《金粉世家》的背景，是间接取的事实之影，而不是直接取的事实。所以当时小说在报上发表的时候，许多富贵之家的人，尤其是妇女，都拿去看看。而他们并没有感觉到这说的是谁。老实说，这也就是写小说的一种技巧。我不敢说有"羚羊挂角，无迹可寻"的手腕，而布局之初，实在经过一番考虑的。

有人说，《金粉世家》是当时的《红楼梦》，这自是评价太高。我也没有那样狂妄，去拟这不朽之作，而取径也各有不同。《红楼梦》虽和许多人作传，而作者的重点却是在几个主角。而我写《金粉世家》，却是把重点放在这个"家"上，主角只是做个全文贯穿的人物而已。就全文命意说，我知道没有对旧家庭采取革命的手腕。在冷清秋身上，虽可以找到一些奋斗精神之处，并不够热烈。这事在我当时为文的时候，我就考虑到的。但受着故事的限制，我没法写那种超现实的事。在《金粉世家》时代（假如有的话），那些男女除了吃喝穿逛之外，你说他会具有现在青年的思想，那是不可想象的。

小说有两个境界，一种是叙述人生，一种是幻想人生。大概我的写作，总是取径于叙述人生的。固然，幻想人生也不一定就是超现实，如《福尔摩斯侦探案》《鲁滨孙漂流记》之类，那是有事实铺叙的幻想，并不是架空而来。但写社会小说，偏重幻想就会让人不相信，尤其是写眼前的社会。《金粉世家》，我是由海市蜃楼上写得它像真的，我就努力向这点发展。于是那里面的教育性，只是一些事情的劝说，而未能给书中人一条奋斗的出路，这是我太老实之处。也可以说，我写着这一二百人登场的大戏，筋疲力尽，已穷于指挥，更顾不到意识上的加重了。

十九

《金粉世家》的出路

《金粉世家》的重点，既然放在"家"上，登场人物的描写，就不能忽略哪一个人。而且人数众多，下笔也须提防性格和身份写得雷同。所以在整个小说布局之后，我列有一个人物表，不时地查阅表格，以免错误。同时，关于每个人物所发生的故事，也都极简单地注明在表格下。这是我写小说以来，第一次这样做的。起初，我也觉得有些麻烦。但写了若干回之后，自己就感到头绪纷如，不时地要去检阅旧稿，就迫得我不能不那样办。

全书的架子既然搭好，表格也填得清楚了，虽然这部书的字数已超过一百万，但也未见得有什么难写。在我写完之后，对于书销行的估计，我以为是在《春明外史》之下的。可是这十几年的统计，《金粉世家》的销路却远在《春明外史》以上。这并不是比《春明外史》写得好到哪里去，而是书里的故事轻松、热闹、伤感，使社会上的小市民层看了之后，颇感到亲近有味。尤其是妇女们，最爱看这类小说。我十几年来，经过东南、西南各省，知道人家常常提到这部书。在若干应酬场上，常有女士们把书中的故事见问。这让我增加了后悔，假使我当年在书里多写点奋斗有为的情节，不是给女士们也有些帮助吗？而在现在情形中，这书是免不了给人消闲的意味居多的。

《金粉世家》在报上发表的时候，我对于每回文字长短方面，没有加意经营。有时一回长过两万字，印起书来，就嫌着太长，而和那几千字一回的，也悬殊太甚。所以在全书付印的时候，我也是经过一回修剪整理的。有了这个教训，自后我在报上陆续发表长篇，就先顾全到了这一点，借以免掉一番事后修理的工夫。一面工作，一面也就是学习。世间什么事都是这样。

把这些零碎交代过了，再总结几句。这书将来所得的批评如何，我不知道。若就这十几年的经过而论，它没有受到什么特别的奖许，也没有受到什么特别的指摘。它唯一被人所研究的，就是这些人物隐射着谁？而在不声不响的情形下，这书的销行，在我的写作里始终是列于一级的。它始终在那生活稳定的人家为男女老少所传看。有少年人看，也有老年人看，这是奇怪的。记得当年这书登在报上，弟妹们是逐日念给家慈听，也是数年如一日的。这一部长篇，它出现以后，出路是这样的。以我的生活环境不同，和我思想的变迁，加上笔路的修检，以后大概不会再写这样一部书。而这样的题材，自今以后的社会也不会再有。国家虽灾乱连年，而社会倒是不断进步的。

二十

《啼笑因缘》的跃出

我在北方，虽有多年的写作，而在上海所发表的却是很少很少。上海有上海一个写作圈子，平常是不容易突入的，我也没有在这上面注意。一个偶然的机会，民国十八年，上海的新闻记者团北上，我认识了一班朋友。友人钱芥尘先生，介绍我认识《新闻报》的严独鹤先生。他并在独鹤先生面前极力推许我的小说。那时，《上海画报》（三日刊）曾转载了我的《天上人间》，独鹤先生若对我有认识，也就是这篇小说而已。他倒是没有什么考虑，就约我写一篇，而且愿意带一部分稿子走。

我想，像《春明外史》这样的长篇，那是不适于一个初订契约的报纸的。于是我就想了这样一个并不太长的故事（明星公司拍电影，拍电影能拍出六集，这出于我始料）。稿子拿去了，并预付了一部分稿费。不过《新闻报》上正登着另一个长篇，还没有结束。直等了五个月，《啼笑因缘》才开始在上海发表。在那几年间，上海洋场章回小说走着两条路子，一条是肉感的，一条是武侠而神怪的。《啼笑因缘》完全和这两种不同。又除了新文艺外，那些长篇运用的对话，并不是纯粹白话。而《啼笑因缘》是以国语姿态出现的，这也不同。在这小说发表起初的几天，有人看了很觉眼生，也有人觉得描写过于琐碎，但并没有人主张不向下看。载过两回之后，所有读《新闻报》的人，都感到了兴趣，独鹤先生特意写信告诉我，请我加油。不过报社方面根据一贯的作风，怕我这里面没有豪侠人物，会对读者减少吸引力，再三地请我写两位侠客。我对于技击这类事，本来也有祖传的家话（我祖父和父亲，都有极高的技击能力），但我自己不懂，而且也觉得是当时一种滥调，我只是勉强地将关寿峰、关秀姑两人，写了一些近乎传说的武侠行动。我觉得这并不过分神奇，但后来批评《啼笑因缘》的，就指着这些描写不现实，并认为我绝不会和关寿峰这类人接触。当然，我不会和这类人接触。但若根据传说，我已经极力减少技击家的神奇性了。

在此之外，对于该书的批评，有的认为还是章回旧套，还是加以否定。有的认为章回小说到这里有些变了，还可以注意。大致地说，主张文艺革新的人，对此还认为不值一笑。温和一点的人，对该书只是就文论文，褒贬都有。至于爱好章回小说的人，自是予以同情的多。但不管怎么样，这书惹起了文坛上很大的注意，那却是事实。并有人说，如果《啼笑因缘》可以存在，那是被扬弃了的章回小说又要返魂。我真没有料到这书会引起这样大的反应。当然我还是一贯地保持缄默。我认为被批评者自己去打笔墨官司，会失掉"有则改之，无则加勉"的精神，而徒然扰乱了是非。不过这些批评，无论好坏，全给该书作了义务广告。《啼笑因缘》的销数，直到现在，还超过我其他作品的销数。除了国内，南洋各处私人盗印翻版的不算，我所能估计的，该书前后已超过二十版。第一版是一万部，第二版是一万五千部。以后各版有四五千部的，也有两三千部的。因为书销得这样多，所以人家说起张恨水，就联想到《啼笑因缘》。

二十一

北平两部半书

《啼笑因缘》在《新闻报》发表，是由十八年到十九年。在这期间，我在北方还有其他的写作。始而为《新晨报》写了一篇《满城风雨》，那是对于内战加以非议的。书完了篇，后来由上海一家书局，将版权买去了。同时给《朝报》写了篇《鸡犬神仙》，因为该报不久改组，我也就中止了。倒是另有个小玩意，后来也出了版，这却非我所料及。就是那个时候，真光电影院的文书股人是我的朋友，他们出有一种宣传品的画报，拉我写篇小说。我就每期给他们凑写几千字，聊以塞责，书名是《银汉双星》。大概写完是十回，写完了也就完了。不知怎么落在上海书商手里，也就出了版。后来有人说，这书也是伪的，这个我倒不能不承认出自我手。

二十二

《斯人记》

在写《啼笑因缘》的时候，《春明外史》完全在《世界晚报》发表完了，报馆方面要我再写一部类似《春明外史》的东西。当然，这种题材在北平是不难找到的。我当年又年富力强，也并不感烦腻。老实一句话，写的时候，无论拿到多少稿费，写完了我可以拿去出版，就是一笔收入。我完全看在收入上，又给《世界晚报》写了一篇《斯人记》。

《斯人记》云者，是根据"冠盖满京华，斯人独憔悴"的意思下笔的。这书里以两个不能追随时代的男女为主角，他们都是爱好文艺者，却因为思想上不能彻底，陷于苦闷的环境中，书也就以苦闷来结束。在全书里，枝枝叶叶，仍然涉及北京的社会。但这里和《春明外史》有些不同的，就是所涉及的角色，他们大致得着婚姻圆满的结果，以反映主角的无结果。书共是二十回。写完后，并没有如我预期出版，直到民国二十五年，才由《南京人报》出版，那个《南京人报》，就是我拿稿费办的。容后文再说。《斯人记》想不出什么特色，只有一点，我写的楔子，是个南曲散套。于今想起来，虽出于游戏，未免开倒车了。

二十三

《春明新史》

在民国十九年的岁首，我到东北去游历一次。事先，沈阳出版了一张《新民晚报》。主持的人全是我的朋友，他们要我写一篇《春明新史》。我觉得《春明外史》这一类小说，一再地向下续去实在没有意思，没有答应写。但朋友不得我的同意，却发出了预告。我因情不可却，只好答应写。

《春明新史》的写法，自然和《春明外史》一样。但我对这书自始就不感兴趣，并没有像《春明外史》那样，有个预定的计划，去安置些主干人物。随意想，随意写。也许读者在故事里看到些很有趣的描写，然而我并没有费多大的精力，虽不至于敷衍成篇，我并没有对它寄予多大的希望。但我到底还是把它写完了，也是二十回。后来这书有上海某家小报转载，干脆我就把版权卖给他们了。不久，也就出了书。

我当时也曾和上海书商说过，我的写作，应该让我自行检讨、订正，这样胡乱出书，那是不好的。而他们的答复也妙，他说，用不着订正，你的小说总会够水准的。其实，他们心里的话，并不是如此，乃是印出去，可以卖一笔钱就行。

二十四

世界书局的契约

这件事，是文坛上的谈话资料，小报上有人形容得神话化，说我在十几分钟内，收到了几万元稿费。跟着就向下说，我拿这钱在北平买下了一所王府，自备了一部汽车。这简直是梦呓。中国卖文为活的人，永远不会有这样的故事发生。过去如此，将来亦无不然。故事是这样的：

这年秋天，我到了上海，小报上自有一番热闹。世界书局的赵苕狂先生，他约我和世界书局的总经理沈知方谈谈。我当然乐于访晤。第一次见于世界书局工厂，约有半小时的谈话。他问我还有什么稿子可以出售的。我就告诉了他《春明外史》和《金粉世家》。而《金粉世家》，那时还有一小部分没有写完呢。他说，你这是出过版的，登过报的，不能照新写的作品算，愿意卖的话，可以出四元千字。我说，容我考量。第二次，沈君请我到丽查饭店吃饭，约苕狂君作陪，极力劝我把两部书卖了。据我估计，两书各有一百万字。沈君愿意一次把

《春明外史》的稿费付清，条件是我把北平的纸型交给他销毁。《金粉世家》的稿费分四次付，每接到我全部的四分之一的稿子，就交我一千元。我也答应了。同时，他又约我给世界书局专写四部小说，每三月交出一部。字数约是十万以上，二十万以下。稿费是每千字八元。出书不再付版税。当时我以家庭里有几笔较大的费用，马上有一笔完整的收入，于我的家庭有莫大的好处，我也就即席答应了。问题的确解决得很快，连吃饭带谈天，不到两小时。至于十分钟成交，不但沈君一位大经理，不能那样荒唐，我也不能如此冒昧呀。

次日，赵苕狂君代送了合同来，让我签字，交出四千元支票一张。这就是小报上说我买王府的那笔款子。契约以外，赵君又约我为《红玫瑰》杂志写一个长篇。《红玫瑰》也是世界书局出的半月刊，就由赵君主编。为了尊重介绍人，当然我也就答应了。以后我给《红玫瑰》写的是《别有天地》，是篇讽刺小说。而给世界书局的小说，我只交卷了三篇，而且拖了一年多。那三篇小说是《满江红》《落霞孤鹜》《美人恩》。上两部各三十二回，后一部二十四回。他们的稿费倒是按约付给我的。因为我交稿子延期，稿费自然也延期，所谓数万元的巨大稿费，其实不过一万数千元，而且前后拉长了两年的日子，谈不上发财。不过在当年卖文为活的遭遇说起来，我这笔收入实在是少有的。

二十五

加　油

　　我由上海回来，手上大概有六七千元，的确不算少。若把那时候的现洋折合现在的金圆券①，我不讳言，那是个惊人的数目。但在当年，似乎也没有什么了不起。不过这笔钱对我的帮助，还是很大的。我把弟妹们的婚嫁教育问题，解决了一部分，寒家连年所差的衣服家具，也都解决了。这在精神上，对我的写作是有益的。我虽没有做癞蛤蟆去吃天鹅肉，而想买一所王府，但我租到了一所庭院曲折、比较宽大的房子，我自己就有两间书房，而我的消遣费，也有了着落了。

　　听戏，看电影，吃小馆子，当年是和朋友们同具此好的，倒不等这笔钱来办。我所说的消遣，是以下三件事：一、收买旧书，尤其是中国的旧小说。二、收买小件假古董。怎么会是假古董呢？这个我和古董专家异趣。我以为反正是玩物丧志，玩真古董，几十、几百买一样，是摆在那里看的，花个两三元

---

　　①　新中国成立前国民党政府发行的货币。

也是摆在那里看看，这有什么分别。而且买真的也未必不假。三、是我跑花儿厂子，四季买点好花。除了买书颇是一个不菲的开支，其余倒也无所谓。这时，我可以说是心广体胖，可以专门写作了。

这是民国二十年吧？我坐在一间特别的工作室里，两面全是花木扶疏的小院包围着。大概自上午九点多钟起，我开始写，直到下午六七点钟，才放下笔去。吃过晚饭，有时看场电影，否则又继续地写，直写到晚上十二点钟。我又不能光写而不加油，因之，登床以后我又必拥被看一两点钟书。看的书很拉杂，文艺的，哲学的，社会科学的，我都翻翻。还有几本长期订的杂志，也都看看。我所以不被时代抛得太远，就是这点加油的工作不错，否则我永远落在民十^①以前的文艺思想圈子里，就不能不如朱庆余发问的话，"画眉深浅入时无"了。

我的英文，始终是为了忙而不能耐心去自修。有时拿到一本英文杂志，意识到里面有很多精神食粮，可是我又不能消化它。于是我进修英文的思想又怦然欲动了。有朋友给我介绍一位老先生，每天可以教我半小时英文，我欣然地要聘请他。但家中人一致反对，说是八十岁学吹鼓手，来不及了。而且我的脑子也够使的，不能再去消耗脑汁。我一松懈，这个计划就告

---

① 1921年。

吹了，于今还深引为憾。

这时，我读书有两个嗜好。一是考据一类的东西，一是历史。为了这两个嗜好的混合，我像苦修的和尚，发了愿心，要作一部《中国小说史》。要写这种书，不是在北平的几家大图书馆里可以搜罗到材料的。自始中国小说的价值，就没有打入"四部""四库"的范围。这要到那些民间野史和断简残编上去找。为此，我就得去多转旧书摊子。于是我只要有工夫就揣些钱在身上，东西南北城，四处去找破旧书店。北平是个文艺宝库，只要你肯下功夫，总不会白费力的。所以单就《水浒》而论，我就收到了七八种不同的版本。例如百二十四回本的，胡适先生说，很少，几乎是海内孤本了，我在琉璃厂买到一部，后来又在安庆买到两部，可见民间的蓄藏很深厚的呀。又如《封神演义》，只有日本帝国图书馆，有一部刻着"许仲琳著"。我在宣武门小市收到一套朱本，也刻有"金陵许仲琳著"字样，可惜缺了第一本，要不然，找到了原序，那简直是一宝了。这一些发掘，鼓励我写小说史的精神不少。可惜遭到"九一八"大祸，一切成了泡影。不过这对我加油一层，是很有收获的。吾衰矣，经济力量的惨落（我也不愿在纸上哭穷，只此一句为止），又不许可我买书，作《中国小说史》的愿心，只有抛弃。文坛上的巨墨有的是，我只有退让贤能了，迟早有人会写出来的。

二十六

武侠小说的我见

人有所能，有所不能，写社会小说，就写社会小说，其实不必写以外的题材的。当年我写小说写得高兴的时候，哪一类的题材我都愿意试试。类似伶人反串的行为，我写过几篇侦探小说，在《世界日报》的旬刊上发表，我是一时兴到之作，现在是连题目都忘记了。其次是我写过两篇武侠小说，最先一篇叫《剑胆琴心》，在北平的《新晨报》上发表的，后来《南京晚报》转载，改名《世外群龙传》。最后上海《金刚钻小报》拿去出版，又叫《剑胆琴心》了。

我写武侠小说，是偶然的反串，自不必走别人走的路子。所以这部《剑胆琴心》里，没有口吐白光及飞剑斩人头之事。我找了些技击书籍，作为参考，全写的是技击一类的事情。把我家传的那些口头故事，穿插在里面作了主干。当然，无论写得怎样奇怪，总不会像《封神榜》那样热闹。我又不甘示弱，于是就在奇禽异兽方面去找办法。如我描写蜀道之难，就插一段猿桥的描写。这是屡屡见于前人笔记的，而且也不违背科学。意识方面，我就抓着洪杨革命后的一点线索，把书里的技击家变为逸民。这自然比捕快捉飞贼，飞贼打捕快有意思些。可是事后想来，那究竟近乎无聊。这里的叙述，怎样的就可能性上去描写，总难免架空。父老口头上的传说，那究竟是靠不住的。若说这里面也可以带些侠义精神的教育性，而这教育性，也透着落后。

我的见解如此，并不是说武侠小说不可写。若不可写，司马迁怎么也作《游侠列传》呢？但"侠以武犯禁"，在汉以前就如此，汉以后的国粹游侠是变了质的。一部分变成秘密结社，一部分变为神道设教，再一部分变了升官发财的捷径。中国的游侠，诚然是和技击不可分的，但游侠者流，不一定个个就有高明的技击。这种趋势，在明末清初的社会里反映得很清楚。所以在清朝中叶，那时候的武侠小说多少还有些真实性。到了火器盛行于国内以后，技击已无所用之，游侠者流，社会每个角落诚然还是有，而靠他一点技击本领已不能横行江湖了。所以真要写游侠小说的话，四川的袍哥，两淮的帮会，倒真有奇奇怪怪及可歌可泣的故事。但还是那话，"侠以武犯禁"，非文人可以接触，纵然接触，也不敢写。

往年，日本人对于中国的帮会也很有兴趣去研究，写出文字来，却都是隔靴搔痒之谈。在国人自己，就很少为这个出专书的。因为越知道详细，越不能下笔，怕得罪了人。若以圈子外的人去写小说，那是会让人家笑掉牙的。因之社会上真的游侠，没人会写，没人敢写。而写出来的，就全不是那回事了。

国人的武侠小说，既不敢触到秘密结社，所以写得好，不是写神道设教的那些人，就是写升官发财的那些人。而这两路人就全不是司马迁说的朱家、郭解者流。写得不好，我就也不必多说了。就以写得好而论，这在意识方面，也教作者很难下笔。小说而忽略了意识，那是没有灵魂的东西，所以我对武侠小说的主张，兜了个圈子说回来，还是不超现实的社会小说。因此，我生平就只反串了两次，而这两次都绝不成功。好在是反串，不成功也无所谓。倘若真有人能写一部社会底层的游侠小说，这范围必定牵涉得很广，不但涉及军事政治，并会涉及社会经济，这要写出来定是石破天惊、惊世骇俗的大著作，岂但震撼文坛而已哉？我越想这事越伟大，只是谢以仆病未能。

另外，我有一部武侠小说，叫《中原豪侠传》，那是后若干年在《南京人报》发表的。故事是说晚清王天纵这类人物，那是河南朋友告诉我的。这书后在重庆出版。其实这已不是纯技击小说，而是一个故事的演化，顺便附带报告于此。

二十七

忙的苦恼

在民国十九年至二十年间，这是我写作最忙的一个时期。其实我的家用每月有三四百元也就够了，我也并不需要许多生活费，所以忙者就是为了人情债。往往为了婉谢人家一次特约稿件，让人数月不快。所以我在可以凑付的情况下，总是给人家答应写。就以二十年开始说，当时，我给《世界日报》写完《金粉世家》，给晚报写《斯人记》，给世界书局写《满江红》和《别有天地》，给沈阳《新民报》写《黄金时代》，整理《金粉世家》旧稿，分给沈阳东三省《民报》转载。而朋友们的特约还是接踵不断，又把《黄金时代》改名为《似水流年》，让《旅行杂志》转载。我的慈母非常地心疼我，她老人家说我成了文字机器，应当减少工作。殊不知这已得罪了很多人，约不着我写稿的"南方小报"，骂得我一佛出世，二佛涅槃。

这样的忙法有了一年，而北平《新晨报》又改组。主持人全是极好的熟友，没法子，我给写了一篇《水浒别传》。这书是我研究《水浒》后，一时高兴之作，写的是《打渔杀家》

那段故事。文字也学《水浒》口气。这原是试试的性质，终于这篇《水浒别传》有点成就，引着我在抗战期间写了一篇六七十万字的《水浒新传》。后文再说。由这些事情类推，我的忙是无法减少的。我曾自己再三打算，怎样可以躲去这些文债，始终找不到一个良策。不久，"九一八"国难发作，新约才少见来。记得这一年中，人家问我情形怎么样，我的答复是苦忙，而这份苦忙，日本人都为之注意。记得某文人到日本，日本人正式问他，张恨水发表的写作为什么那样多？我知道，这很可以让人家误会，我是一个唯利是图、粗制滥造的文人，但我为了少写，被人损骂的情形，有谁了解呢？

就文字批评我，我是始终乐于接受的。记得有一册前进的杂志，在某一期，由第一页至最后一页，几乎全是骂张恨水。朋友寄给我看了，我倒很钦佩，有些地方，骂得我是很对的，我正可以予以改进。像《论语》杂志上也挖苦我，我就一笑置之。我觉得他们并不比我前进着多少。至于那些小报，就骂得我啼笑皆非了。有人说，我的写作全是假的，有一老儒代为执笔。也有人反问，这老儒为什么不出名，一切便宜张恨水呢？他们说另有秘密。也有人说，小说是我作的，但不是我写的。学了外国办法：张恨水说，别人写。这样代写的人，共有三位之多。更有人说，我写小说是几个人合作，由我一个人出名，得钱瓜分。甚至还有人说，有一位女士代我写小说，她不便出名。张恨水本人，根本狗屁不通。我看到这些黄色记载，除了发笑，简直不能做一个字的辩白。总而言之一句话，就是合了那句俗言，"人怕出名猪怕壮"。社会上名字老被人提着的，多是盛名难副，而我尤甚！我少应酬，卖剪刀又必写出"真正王麻子"不可，其必给小报添些材料，倒也似乎是理有固然了。

二十八

《新闻报》的续约

这里要回忆到我和《新闻报》的继续契约。在《啼笑因缘》登完以后，因事前的接洽，《新闻报》又登了一篇武侠小说。但这时的武侠小说已经不大合乎上海人的口味了。所以不等那小说登完，独鹤就再三地写信给我，要我再写一篇，而且希望长一点的。我因为中国连年苦于内战，就写了一篇《太平花》。这小说的意识，在题目上是可以看得出来的。但也有我的苦处，那时我既住在北平，这里也脱离不了内战的圈子，下笔不能不慎重考虑。因此，我写的内容、地点、人名、时间，一齐给它一个含混不清，大概地说，就是前两年的事，地点是在黄河两岸吧。

二十九

《太平花》

这样，就不会触犯到谁了。故事是写人民流离之苦，而穿插着一段罗曼史。不料写到了一半的时候，"九一八"事变。这时，全国的人民都叫喊着武装救国，我这篇小说是个非战之篇，大反民意，那怎么办呢？而《新闻报》的编者也同有所感，立刻写信给我，问何以善其后？我考虑着这只有两个办法。第一，书里的意识，一百八十度大转弯跟着说抗战。第二，干脆把这篇腰斩了，另写一篇。考虑的结果，还是采取了第一个办法，说到书中主角，因外祸突然侵袭，大家感到同室操戈不对，一致言好御侮。陡然一个转变，自是费了很大的力气，而全书的故事，也不能不大为改变了。后来书作完了，自己从头到尾审查过一遍，修订过一遍，居然言之成理，二十二年也就出版了。抗战期间，后方也要出版，但到出版的日子，日本人又投降了。在日本人又投降之后，我们还要提倡战争，也觉得不对。于是我又来了个第二次订正。三十四年，我到上海将订正本交给书局，言明以后出版以此为准，原版给它消灭了。《太平花》这部书不是什么了不起的写作，但在这两度大改之下，也就可以看到"白云苍狗"，人事是变幻得太厉害了。

三十

抗日的方向

"九一八"国难来了，举国惶惶。我也自己想到，我应该做些什么呢？我是个书生，是个没有权的新闻记者。"百无一用是书生"，唯有这个时代，表现得最明白。想来想去，各人站在各人的岗位上，尽其所能为吧，也就只有如此聊报国家于万一而已。因之，自《太平花》改作起，我开始写抗战小说。不过中日之战虽起，汪精卫这班人的口号是一面抗战，一面交涉。所以，尽管愤愤不平，谁也不敢公然反抗日本，政府就不许呀！我所心想的御侮文字，也就吞吞吐吐，出尽了可怜相。

那时我在北平，在两个月工夫内写了一部《热血之花》，主题是国人和海寇的搏斗，当然海寇就指着日本了。另外，我出了一个小册子，叫《弯弓集》，都是些鼓吹抗战的文字。这个我没有打算赚钱，分在上海、北平出版。这谈不上什么表现，只是说我写作的意识，又转变了个方向。由于这个方向，我写任何小说都想带点抗御外侮的意识进去。例如我写《水浒别传》，我就写到梁山招安以后，北宋沦亡上去，但我不讳言，这些表现都是很微渺的，不会有什么作用可言。仅仅说，我还不是一个没灵魂的人罢了。想不到这个，也会引起日本人的注意，他们曾向在北平的张学良提过抗议，后来我也终于离开了北平。

三十一

《东北四连长》

当我在《新闻报》写了一年小说之后，《申报》方面就有人约我写小说。而我首先以忙婉谢了。后来有朋友告诉我，国内两大报的长篇都归我一人包办，那自然是盛举，但也应当考虑到文坛上的反应，这是我早有同感的。我为人向来不拆烂污，而一切事情的开始总有个考虑，既然如此，我就更不要写了。不过这里又牵涉到了友谊问题。上海编副刊的，号称一"鹤"一"鹃"，"鹤"是《新闻报》的严独鹤，"鹃"是《申报》的周瘦鹃。周先生是个极斯文的写作家，交朋友也非常地诚恳。他和我同年，在上海相见之后，非常地说得来。那时

《申报》的"自由谈"改载新文艺，鲁迅先生常化名在上面写散文，非常地叫座。"自由谈"原来地盘改名"春秋"，还是周先生编。他以友谊的关系，一定要我写个长篇。他说章回体小说要通俗，又要稍微雅一点，更要不脱离时代，这个拿手的人，他实在不好找，希望我帮忙。我虽然自知够不上那三个条件，而瘦鹃的友谊必须顾到，终于我给他写了一篇《东北四连长》。

这书名，很显然就是说东北御侮的故事了。我对军事，是个百分之二百的外行，怎能写起军中生活来呢？也是事有凑巧，我有一位学生当过连长，他那时正在北平闲着，常到我家里来谈天。我除了在口头上和他问过许多军人生活而外，又叫他写一篇报告，我并答应给他相当的报酬。报酬他不要，报告却写了。我就以另一种方法，帮助了他的生活。在这情形下，有两三个月的合作，我于是知道了很多军中生活，就利用这些材料，写为抗日的文字。

我为什么写四个连长呢？我的意思，那时南京方面正唱着一面交涉一面抵抗，实在不能找出一位大人物来做小说主角，还是写下级干部的好。这样，也就避了为人宣传之嫌。这长篇登报一年多，并没有什么大漏洞。而这四位连长，我是写他们有三位在长城线外成仁的，多少也给大人先生一点讽刺。后来我在上海遇到电影界的王次龙，他说这不失为硬性的作品，他要编写电影。但以时局的日渐严重，这文字却拿不出来。

胜利后，这书已经写过十年了。上海出版商人抄写了报上的稿子，寄我审查，要我出版。我自己看了一看，我有些失笑。因为经过八年的抗战，又经过第二次世界大战，就根据我在书报上看的战事新闻而论，我当时描写得是太幼稚了。不过书中的个人故事，倒还可以利用。于是我把作战部分的描写，完全删掉，只着重故事的发展，结局我以人道主义去发作感慨。这不用说，对于整个宇宙里的战争我是不赞同的。而这书归到日本人的侵略，逼出战事来，也不大违反原意，就是这样交了卷。书名也改了，利用了那仅传七字的一句诗，"杨柳青青莫上楼"，题曰《杨柳青青》。这书前年已出版，大概到现在是三版了。

三十二

《啼笑因缘》的尾巴

二十二年春，长城之战起。我因为早已解除了《世界日报》的聘约，在北平无事（我在北平后十年来，除了《世界日报》的职务外，只做了《朝报》半年的总编辑，无关写作，所以未提）。为了全家就食，把家眷送到故乡安庆，我到上海去另找生活出路。而避开烽火，自然也是举室南迁的原因之一。

我立刻觉得这是另一世界，这里不但没有火药味，因为在租界上一切是欢天喜地，个个莫愁。有些吃饱了饭闲聊天的朋友，还大骂不抵抗主义。在这种过糜烂生活唱高调的洋场里，文字生涯依然是宽绰的道路。而我到了上海的第一件事，就是出版业方面包围我，要我写《啼笑因缘续集》。

在我结束该书的时候，主角虽都没有大团圆，也没有完全告诉戏已终场，但在文字上是看得出来的。我写着每个人都让读者有点有余不尽之意，这正是一个处理适当的办法，我绝没有续写下去的意思。可是上海方面，出版商人讲生意经，已经有好几种《啼笑因缘》的尾巴出现，尤其是一种《反啼笑因缘》，自始至终将我那故事整个地翻案。执笔的又全是南方人，根本没过过黄河。写出的北平社会，真是也让人又啼又笑。许多朋友看不下去，而原来出版的书社见大批后半截买卖被别人抢了去，也分外地眼红。无论如何，非让我写一篇续集不可。我还是那句话，拗不过人情去，就以半月多的工夫，写了短短的一个续集。我把关寿峰父女写成在关外做义勇军而殉难，写到沈凤喜疯癫得玉殒香消，而以樊家树、何丽娜一个野祭来结束全篇。我知道这是累赘，但还不至于拖泥带水。当然，在对我表示好感的朋友都说我不该续的。

三十三

二次加油

在上海住了半年多，安排了一个亭子间作书房，继续我一切没有写完的稿子，没有敢接受什么新契约。不过我于上海，倒有更多的认识。我以为上海几百万人，大多数是下面三部曲：想一切办法挣钱，享受，唱高调。因之，上海虽是可以找钱的地方，我却住不下去。二十二年夏季，我又回到了北平。

我四弟牧野，他是个画师。他曾邀集了一班志同道合的人，办了个美术学校。我不断地帮助一点经费，我是该校董事之一，后来大家索性选我做校长。我虽能画几笔，幼稚的程度是和小学生描红模高明无多。我虽担任了校长，但我并不教画，只教几点钟国文。另外就是跑路筹款。柴米油盐的琐事我也是不管的。不过学校对我有一个极优厚的报酬，就是划了一座院落做校长室，事实上是给我作写作室。这房子是前清名人裕禄的私邸，花木深深，美轮美奂，而我的校长室又是最精华的一部分，把这屋子作书房，那是太好了。于是我就住在学校里，两三天才回家一次。除了教书，什么意外的打扰都没有，我很能安心把小说写下去。

这一阶段，我给《新闻报》写完了《太平花》，跟着写第三个长篇，是《现代青年》，《旅行杂志》的《似水流年》也写完了，改写作《秘密谷》。这书是抽象的，我说大别山里还有个处女峰，峰下有个秘密谷，里面的人还是古代衣冠，因为他们和外面社会，隔绝一个时代了。借着这些人，可以象征一些夜郎自大的士大夫。后来那个国王出来到南京，拉洋车死了，因为他不会干别的。这写法不怎么成功，可是这个手法我变着写《八十一梦》了。同时，我在上海临走以前，接了《晨报》的契约，给他们写一篇以女伶为背景的小说，叫《欢喜冤家》，这时还继续地写。

在我未去上海以前，我还给《世界日报》写了个长篇，叫《第二皇后》。去上海以后就中断了，回到北平我也没有继续。这时我住在北平，北平倒没有特约稿。因此，有些人误认我很闲，又来找我写东西。

有两位《新晨报》的朋友，在《太原日报》服务，一定要我写个长篇，磋商数日之久，情不可却，我写了一篇《过渡时代》。这是说社会上新旧分子的矛盾现象，信手拈来，自己不觉得有什么成绩，只听到朋友说还有趣而已。因为《南京日报》也要稿子，我就多抄了一份，两地发表，算是多完了一份人情。

这时，我虽忙，却不像二十年那样忙。借了学校的好环境，多看一点书。每当教授们教画的时候，我站在一旁偷看，学习点写意的笔法。并直接向老画师许翔阶先生请教，跟他学山水，这算是二次加油时代吧。

三十四

西北行

自"九一八"以后，东北整个沦陷，国人鉴于国土日蹙，就有开发西北，以资补救的想法。西北自唐宋以来日渐荒芜，于今是大片地成了不毛之地。想用西北的土地来补救东北所失生产，那根本是不可能的事。西北无水，无森林，无矿产，无交通，一切都谈不上。但开发西北这个呼吁，究竟是不错的，便是东北没有沦陷，也该去开发。所以那个时候，很多人都想到西北去看看，以求得一个认识。我这时除了写作，没有固定的职业，倒是乐得趁机一行，于是我就赶写好了约一个足够用的稿件，于二十三年五月十八日由北平到西北去。

我原来的计划，先到陕西再到甘肃，由甘肃往新疆，回头经河套，由平绥路回平。预定的旅行日期是半年。我知道西北旅行，用不了多少钱，带了学校里一位工友，两个人共预备了一千五百元的川资。后来又打听得汇兑还十分方便，带多了钱也不好，又减少了五百元。行程先是南下，坐平汉车到郑州，在郑州改坐陇海车到洛阳。本来由郑州可以直达潼关的，但这个历史名都我总得看看。所以到洛阳游历了几天，才去潼关。当年，陇海路只通到潼关为止。在潼关住了几天，上了一趟华山，重回潼关，才坐汽车去西安。在西安住了将近半个月，然后坐汽车到兰州。在兰州的时候，我原是打算继续西行，因接到上海几封电报，劝我别去新疆。兰州朋友也告诉我新疆的盛世才是不好惹的，去了不得回来，那可是个麻烦。而且由兰州到猩猩峡，猩猩峡到迪化①，路途遥远，交通工具也有问题。这样，我只好在兰州徘徊着，最后，依然坐了便车回西安。

这一次旅行，虽然没有完全符合我的愿望，但是我拜访了我们祖先的发祥地。在历史上，在儿童时代所读的经书上，许多不可解的事都给我解答了。我的游历向来是不着重游山，玩水。因为山水是静的东西，在历史过程中，除了大遭难，很少有变迁。唐宋人看了那山水，作下一篇游记，可能现在去看，还是那样，你再写一遍，也不见得有什么新鲜。何况那里的山水名胜，也不断地有人记载。我的游历，是要看动的，看活

---

① 今新疆乌鲁木齐市。

的，看和国计民生有关系的。我写出来，当然也是如此。这种见解，也许因为我是新闻记者的关系，新闻记者是不写静的、死的事物的。

在我去西北的时候，陕甘的军政当局颇为注意，以为我去干什么？虽然有人说我是找小说材料来的，但很难引起人家的相信。因为很不容易遇到这种傻人而发这种傻劲。这我得感谢布衣主席邵力子，他原和我认识。在潼关我托县长给我通了个长途电话，邵先生就答应用省政府的便车接我。到了西安，邵先生因坠马受伤，病榻边一度谈话，他非常地了解我。他对人说，张恨水是个书生。大概他暗示着部下，给我一点礼貌就够了，此外是尽量给我创作上的便利。而绥靖主任杨虎城也就这样办了。

在西安几天之后，各方面全明白我真是来找材料的，大批的碑帖，大部头的县志书，纷纷用专人送给我。还有那社会上的热心人士，跑到旅馆里和我长谈，把民间疾苦，向我和盘托出。其中有一位军官，愿意和我共坐一架战斗机去天水看看。坐战斗机这勇气我虽然还有，可是我考量我的身体，恐怕不行，只好婉谢。然而这证明一个人若为他的工作而努力，而没有其他企图的话，是很能引起人家的共鸣的。因此，我由西安去兰州，就得着公路局的伟大帮助，和总工程师同坐一辆轿车而去。这轿车是宋子文留在西安的，其舒适自不待言。

连我同行的那位工友，也沾着很大的光，坐了公路局的工程车。要不然，西北公路的初期交通，是有让人难于忍受的艰苦的。

三十五

西北回来

在陕甘一度旅行，自然是得着关于历史的教训不少，但我更认识了中国老百姓真有苦的呀。陕甘人的苦，不是华南人所能想象，也不是华北、东北人所能想象，更切实一点地说，我所经过的那条路，可说大部分的同胞，还不够人类起码的生活。你不会听到说，全家找不出一片木料的人家；你不会听到说，炕上烧沙当被子盖；你不会听到说，十八岁的大姑娘没裤子穿；你不会听到说，一生只洗三次澡；你不会听到说，街上将饿死的人，旁人阻止拿点食物救他（因为这点救饥食物，只能延长片时的生命，反而增加将死者的痛苦）。由民国初几年起，陕甘人民坠入了浩劫的深渊。十九年的旱灾和西安一年的围城，发生了人间不可以拟议的惨象。我到陕西的时候，浩劫已过两年多，而一切遗痕都在。人总是有人性的，这一些事实引着我的思想，起了极大的变迁。文字是生活和思想的反映，所以在西北之行以后，我不讳言我的思想完全变了，文字自然也变了。

我为了要描写西北那些惨状，曾用一种倒叙法，将十九年的灾情写出。将一个逃难的女孩子为骨干，数年之间，来回两次西北，书名是《燕归来》。这书发表于《新闻报》，后在上海出版，天津也有人盗印。敌伪时代，曾拍电影，听说被日本人禁止。《燕归来》之外，我又写了一部同类的小说，叫《小西天》。这是用名剧《大饭店》的手法，以西安一个大旅店为背景，写着各阶层的人物。这书紧接着《东北四连长》发表于《申报》。

由西北回来，我自然是先回上海接洽稿件。但我有意找西北一个反照面，我也和阔人一样，立刻跑到庐山去避暑，在五千米的牯岭上，面对着那些夏屋渠渠的富贵山谷，我住了一个多月。不过这里材料虽多，我却没有勇气去写，写了谁和我出版呢？我只写了一篇轻松点的《如此江山》，在《旅行杂志》上发表，那是全以庐山风景为背景的。

对西北的印象，我毕生不能磨灭。每当人家嫌着粗茶淡饭的时候，我就告诉人家，陇东关西一带人民吃莜麦的事实。莜麦是一种雀麦磨的粉，乡人只用陶器盛着，在马粪上烤干了吃，终年如此。不但没有小菜佐饭，连油盐都少见的。所以那里的东方人，盛传着老百姓过年吃一顿白面素饺子，活撑死人的故事。因此，我每每想着，我们生长在富庶之区，对生活实在该满足。

三十六

参加《立报》

二十三年秋季，我又回到了北平，还是住在美术学校，我继续写着上海几家报纸的小说。《晨报》的《欢喜冤家》完了，我换了个长篇《北雁南飞》。这书写的是清朝末年，一段不自由的婚姻。因为我觉得写当前的社会小说太多了，故意写个有历史性的。这一年的小说不太多，经常是四五篇在手边写。

约莫是一年工夫，北国的风云时紧时松，我也有点感觉，北平终非乐土，又动了全家南迁之意。在二十四年秋天，成舍我君邀着一班朋友，在上海创立小报《立报》，约我南下，担任一个副刊编辑。他知道我不能久住上海，约以三个月为期，我也就答应了。

《立报》由事务人员到编采人员，可以说人才济济，那是由于加入这公司的股东，都是老新闻记者的缘故，他们拉拢人才，自然是比较容易。我于十月间到上海，替《立报》编一个副刊，叫《花果山》，我并自写了一篇小说，叫《艺术之宫》。

这个题材是以模特为背景的，写一个守旧的女子，为家穷而去学校当模特。完全是以一个悲剧姿态出现的，自信和他人写模特不同。这书写完之后，好几个出版商要出版，竟因搜罗报上稿件不易，未能实现。

我在上海约期即满，正打算回来。一夜之间，接到北平去的两个急电，叮嘱缓归。那时，平津一带迭次出事，冀东已出现伪政府。我知道事情不妙，就中止北行。过了几天，得着家信，说是日本人捉拿北平文化界人士，有张黑名单，区区竟也忝列榜尾。我根本已不留恋北平了，自然就不冒那险而北上。

三十七

办《南京人报》

我虽然讨厌上海，我的生活却靠了在上海发表文字，要离开上海，而又不能离得到交通不便的地方去。于是我临时选择了个中止地点，南京。南京除了到上海很近，到故乡也很近，而尤其可以住下的，是朋友很多。

我在南京住下两三个月，除了写稿子，只是和朋友谈天。而我对于南京，又有个不好的印象。在很早以前，欧美人士就预算出来了，一九三六年将是世界大战年。当时德意日军事力量的疯狂发展，正吻合了这些预言。以南京首都 [①] 所在，人才荟萃，对于这个说法应该有所感觉。可是南京士大夫阶级很能保持"六朝金粉"的作风，看他们的憩嬉无事不亚于上海，我又想走，但我向哪里去呢？国内找不着桃花源，而我又需要生活，正徘徊踌躇着，老友张友鸾君鼓励我在南京办一张小型报。不过他比我还穷，钱是拿不出来的，只能出力。这时，我私人积蓄，还有四五千元。原来的打算是想在南京近郊买点地，盖几间简陋的房子，住在乡下，钱是够了的，就因为我对南京已不感觉兴趣，这计划没有实现。这时据友鸾的计划，在南京出一张小型报，一切印刷条件在内，开办费只需三千多元，我尽可拿得出来。我原来还是有点考虑，经友鸾多方的敦促，我见猎心喜就答应了。

经过两个月的筹备，我约共拿出了四千元，在中正路租下了两幢小洋楼（后来扩充为三幢），先后买了四部平版机，在《立报》铸了几副铅字，就开起张来，报名是《南京人报》。读者在报上或尚可看到《南京人报》消息，就是那家报，不过胜利 [②] 以后，我为了和陈铭德先生北上办《新民报》北平版，我以最大的牺牲，报答八年抗战的友谊，把《南京人报》让给友

① 国民党政府的首都。
② 指1945年抗日战争胜利。

鸢去办了。现在的《南京人报》与我无关，附带一笔。

办《南京人报》，犹如我写《啼笑因缘》一样，震撼了一部分人士，这报在不足一百万人口的南京市出版第一日就销到一万五千份。我当然卖老命，张友鸾君和全部同人（我们那个报叫伙计报，根本没有老板），没有一个人不使出了吃乳的力气。我那时的思想，虽还达不到"新闻从业员有其报的程度"，可是全社的人多少分一点钱，我却是自尽义务，依然靠卖稿为生。我并不是那样见利不取的人，因我有个奢望，希望报业发达了再分红。自己作诛心之论吧，乃是"欲取姑予"，不过"予"的数目很可笑罢了。除了印刷部是照其他报社一律待遇，总编辑才拿四十元一月的薪水，副社长支薪一百元，还编一个副刊，又写一篇小说。普通编采人员，月支二十元。请问，我怎忍心要钱？但这点与同人共甘苦的精神，把《南京人报》办得如火如荼，让许多人红眼。我并非卖瓜的说瓜甜，我这点经验，觉得还值得介绍出来，可见穷办报也未尝办不好。

我在《南京人报》，除了管理社务，自编一个副刊，叫《南华经》。自写两篇小说，一篇叫《鼓角声中》，写着受日本人威胁的北平。一部就是近乎武侠小说的《中原豪侠传》。我写这篇武侠小说，不讳言是生意经。但我对武侠小说的见解已如前文，所以这篇《中原豪侠传》，更写得近乎事实。而是以辛亥革命前夕，河南王天纵的故事作影子，并请刘亢先生每日插一幅图。出乎意料，这篇小说比《鼓角声中》还叫座，我倒是聊可自慰的。除了这些，我每日还自写许多散文和一篇故事新闻，所以每日直到夜深三时才回家。我这种苦干，博得许多朋友帮忙。例如远在北平的张友渔兄，无条件地给我写社论。一度盛世强兄在北平和我打长途电话，也是义务。而张萍庐兄编了一年的《戏剧》，只拿了一个多月稿费，令我至今不忘。

三十八

被腰斩的一篇

我办报既然还靠稿费为生，写作自然是要加多。我统计一下，这时是《新闻报》写《燕归来》结束，改写《夜深沉》；《申报》登的《小西天》完了，改写《换巢鸾凤》；《晶报》有一篇《锦片前程》，登了两三年了，因为登得太少，还在写。《立报》继续着《艺术之宫》；无锡的《锡报》，快将《天上人间》的旧稿登完，也开始补写。南京除了《南京人报》两篇，还有《中央日报》的一篇。而《旅行杂志》一月一次的长稿，也短不了，这时我写着《平沪通车》。办报而外，这样多的长篇，我在四十之年又发挥牛马精神，而作文字机器了。

提到在《中央日报》写稿，这倒有一段小插曲。开始，我是无意在《中央日报》写稿的，因为我不会党八股。那时总编辑周帮式是《世界日报》老同事，再三地要我写，我就只好答应下一篇。为了适合人家的环境，我写的是太平天国逸事《天明寨》。那几年，我特别地喜欢看太平天国文献，所以有此一举。这书里说了许多天国故事，还很能引起读者的注意。书完了，《中央日报》又要我写，我就写了一篇义勇军的故事，以北平为背景，叫《风雪之夜》。大概也写了四五个月了，忽然周君给我来封信，说对我的稿子，"奉命停刊"。不客气地说：腰斩了。当时抗日有罪，是不算一回事的。

不过，这事也未完全过去。抗战期间，《中央日报》在重庆出版的时候，又有人拉我写稿，而且不止一年，不止一次。我当然没有求腰斩的洋瘾，只好微笑婉谢。

三十九

在南京苦撑的一页

《南京人报》办了一年多，终于大难来临，中日战事起了。八月十五日，日本飞机空袭南京，立刻将南京带进了严重的圈子里去。一切的稿子都不能写了，但报却是要办。这个报开始就是小本经营，自给自足的。这时，南京人跑空了，没有人看报，更也没有广告，报社的开支却必须照常。我身为社长，既是家无积蓄，又没有收入，那怎么办呢？让我先感谢印刷部全体工友，他们谅解我，只要几个维持费，工薪自行免了，甚至维持费发不出来也干。他们为了抗战而坚守岗位，不愿这"伙计报"先垮，而为"老板报"所窃笑。这实在难得之至！编采同人更不用说，除了几个胆小的逃去芜湖（后来又回来了），全体十之八九同人，拍拍颈脖子，"玩儿命，也把《南京人报》苦撑到底"。张恨水有这样的人缘，那还有什么话说，我就咬着牙齿，把《南京人报》办下去。这时，全部家眷疏散到离城十几里的上新河去住。我在报社由下午办理事务和照应版面，一直到次日红日东升，方才下乡。下乡之后，什么也不干，就是放倒头，补足这一夜睡眠。醒来之后，吃点东西，又赶快进城。这"进城"两个字，在当日并非简单的事，每每行到半路途中，警报就来了。南京城郊，根本没有什么防空的设备，随便在树荫下、田坎下把身子一藏，就算是躲了警报了。飞机扔下的炸弹，高射炮射上去的炮弹，昂起头来，全可以看得清清楚楚，那种震耳的交响曲，自然也就不怎么好听。但身入其境的是无法计较危险的，因为天天的情形都是如此，除非不进城，要进城就无法逃避这种危险。炸弹扔过，警报解除了，立刻就得飞快地奔到报社。其实这种危险倒没什么痛苦，至多是一死而已。而到了报社，立刻把脑子分作两下来运用，一方面是怎样处理今晚上的稿件；另一方面是明天社中的开支，计划从哪里找钱去？这个时候不用说向朋友借钱有着莫大的困难，就是有钱存在银行里，也受着提款的限制，每日只能支取几十元。二十四小时，无时不在紧张恐慌中挣扎。这样的生活是不容日久支撑维持的，不到一个月我就病了，病得很重，主要的病症是恶性疟疾，此外是胃病、关节炎。报社里的事只好交给别人，我就在上新河卧病。虽然卧病，问题也不简单，自己的家眷和南下逃难的亲属，一家之中，集合到将近三十口人。不说生活负担，不是个病人所能忍受，而每当敌机来空袭的时候，共有十七八个孩子，这就让人感到彷徨无计。因之这一时期中，没有写作，也没有心去看书，几乎和三十年来的日常生活完全绝缘了。因为病，我是十一月初首先离开南京，到芜湖医院治病。病将好，南京也快陷落了。我和家眷在安庆会合，再避居故乡潜山县城。《南京人报》于十二月初，南京陷落的前四五日停刊。由我四弟负责收束，结束了我办报的一页。

四十

入川第一篇小说

我在二十六年十二月底，离开了故乡潜山，由旱道到武昌，乘轮到汉口。因为《南京人报》在结束时期，借了朋友两千多元，并无借据，这位朋友是径向四川去了。为保持信用，我必须还这笔钱。四弟同意我这办法，把一部分机器、铅字，用木船载着，由南京溯江西上，最后的目的地也是重庆。这意思是或者在重庆复刊，或者卖了机器还债。我是债务人，自然得赶向重庆，后来就走的是第二条路。

二十七年一月十日，我到了重庆，去《新民报》在渝复刊之期只有五日。同事张友鸾君，原早在《新民报》当过总编辑，这时是主笔，他建议陈铭德君，约我加入《新民报》。我根本无事可做，就答应了。但我和《新民报》合作，不自这时起，在前四五年，我写了以电影题材为故事的小说《旧时京华》在《新民报》发表过，但未登完。二十五年，我也写了一篇《屠沽列传》在《新民报》发表，这书是和《武汉日报》，成都另一家《新民报》，三家合载的，也因故未能登完。这该算是我们三度合作了。

那时，《新民报》是由一张对开报，改为小型四开的。倒有两个副刊，一个副刊叫《最后关头》，由我编，我并应社方的要求写一篇小说，叫《疯狂》。为什么叫《疯狂》呢？在南京，在武汉，我看到有许多爱国有心、请缨无路的人，十分地感慨，觉得爱国也有包办之可能了。在汉口，我四弟叫我不必西上，机器丢了吧，回大别山打游击去。他说，在武汉有一部分同乡青年，有此主张，希望我年长一点，出来协助。我不但赞助，且非常兴奋，就写了个呈文给当时的第六部，请认可我们去这样办。我们不要钱，也不要枪弹，就是要第六部的认可，免得故乡人发生误会，然而被拒绝了。虽然我四弟终于打了一年的游击，那是另外找的一条路线。我对这事，非常地愤慨，觉得有爱国而发狂的存在，所以我就写了这篇小说。可是，重庆为战时首都 ①，写文章不能那样随便，《疯狂》这篇小说越写越胆小，到写完的时候几乎变了质。书写完，发现完全违背了我的原意，连报上的陈稿我也不愿剪辑，更不用说是出版了。这是我抗战军兴后，第一次写作的失败。

---

① 伪国民党政府的首都。

四十一

《游击队》

在《疯狂》发表的期间，老友张慧剑兄到了重庆。原还没有加入《新民报》，而是替《时事新报》编一版副刊。他非要我写一篇小说不可，我抽空写了个中篇，叫《冲锋》，是写日本人侵犯天津时的一段人民自卫故事。后来慧剑建议，可改名《天津卫》，以双关的意义来笼罩一切。这意思当然很好。不过这书在三十年（一九四一年）出版的时候，我得着许多游击队的消息，又鉴于大后方豪门的生活令人愤慨。于是我在书前后各加上了一段，将书名改为《巷战之夜》。我的小说单行本恐怕要以这书和《银汉双星》是字数最少的了。

提到游击队，我曾另外写过几篇，计有发表于香港《立报》的《红花港》，《潜山血》（此篇未写完）。《立煌皖报》的《前线的安徽，安徽的前线》，《申报》汉口版的《游击队》，这两篇也都没有写完。在《立煌皖报》发表的那篇小说，我完全以安徽人的关系，大半义务地写稿，并没有含着任何作用。可是安徽的统治者认为这篇小说夸张了游击队，那是和他们的政治作风不对的，也宣告了腰斩。写游击队有什么不对呢？我决不因未能写完而灰心。相反地，我更积极地搜罗材料。重庆也很有几位朋友，愿供给我这路材料。但究因这路材料太片断、太零碎，不能集合成书。这话现在可以公开，《新华日报》的资料室就曾允许我任意索观有关文件。我很惭愧，我竟无以报命而写成一部书。其实这里面可歌可泣的故事是太多了，希望将来有人写一个宝贵的长篇。

四十二

抗战小说

我在重庆从二十八年（一九三九年）到三十年（一九四一年），这是我生活最艰苦的一段，自己由重庆扛着平价米，带到十八公里的南温泉去度命，所以我还不能不努力写稿。那时，上海虽然沦为孤岛，《新闻报》还不曾落于汉奸之手，重庆到上海的航空信可以由香港转。《新闻报》继续要我写稿，我就写完了《夜深沉》，又继续写了一篇《秦淮世家》，这是以歌女为背景，而暗射着与汉奸厮拼的。最后，我就写《水浒新传》了。

《水浒新传》当时在上海很叫座。那完全吻合上海人"过屠门而大嚼，虽不得肉，聊以快意"的口味。书里写着水浒人物受了招安，跟随张叔夜和金人打仗。汴梁的陷落，他们一百零八人大多数是战死了。尤其是时迁这路小兄弟，我着力地去写我的意思，是以愧士大夫阶级。汪精卫和日本人对此书都非常地不满，但说的是宋代故事，他们也无可奈何。这书里的官职、地名，我都有相当的考据。文字我也极力模仿老《水浒》，以免看过《水浒》的人说是不像。书写到四十多回，太平洋战起，上海已整个沦陷，我才停止寄稿。三十二年，我受书商之托，加上二十多回，完成了这部书，共六十多万字。抗战期间，这是我写的最长的一部了。

二十九年，我另写了一篇《大江东去》发表于香港。中间有日本屠杀南京人民的一段描写。三十一年（一九四二年）出版，这倒是销数较多的一部书。在大后方，仅次于《八十一梦》。这书在美国听说有节译本，发表在报上。报，我未见之，是朋友告诉我的。

四十三

《八十一梦》

《八十一梦》这部书，在大后方是销数最多的一部，延安也翻过版（《水浒新传》好像也翻过）。这书我不敢说是什么好作品，但在"痛快"两字上，当时是大家承认的。

在《疯狂》写得我无法完篇的时候，我觉得用平常的手法写小说，而又要替人民呼吁，那是不可能的事。因之，我使出了中国文人的老套，"寓言十九托之于梦"。这梦，也没有八十一个，我只写了十几个梦而已。何以只写十几个呢？我在原书楔子里交代过，说是原稿泼了油，被耗子吃掉了。既是梦，就不嫌荒唐，我就放开手来，将神仙鬼物，一齐写在书里。书中的主人翁就是我，我做一个梦，写一个梦，各梦自成一段落，互不相涉，免了做社会小说那种硬性熔化许多故事于一炉的办法。这很偷巧，而看的人也很干脆地得一个印象。大概书里的《天堂之游》《我是孙悟空》几篇，最能引起读者的共鸣。书里我写着一个豪门，有一条路可通半空，给它添上个横额，"孔道通天"。朋友都说，这太明显了。又孙悟空和一位通天圣母斗法而失败，朋友也说这可能是个"漏子"。某君为此，接我到一个很好的居处，酒肉招待，劝了我一宿。最后，他问我是不是有意到贵州息烽①一带，去休息两年？我笑着也就只好答应"算了"两个字。于是《八十一梦》，写了一篇《回到了南京》，就此结束。

---

① 当时国民党在息烽设有所谓的特务监狱。

事过境迁，《八十一梦》，无可足称。倒是我写的那种手法，自信是另创一格。《新华日报》曾有几篇批评，谈到了小说的形式问题。

四十四

生活材料

在抗战期间，大后方的文艺也免不了一套抗战八股。这个问题，曾引起几次论战。当然，在抗战期间，一切是要求打败日本，文艺不应当离开抗战，这是对的。不过老是那一个公式，就很难引起人民的共鸣。文艺不一定要喊着打败日本，那些间接有助于胜利的问题，那些直接、间接有害于抗战的表现，我们都应当说出来。当年大后方时常喊着"讳疾忌医"的这句成语，因此有些从事文艺工作的人，就不注重公式的抗战文艺了。

我向来看得我自己很渺小，没有把自己的作品看着能发生多大的作用。严格地说，不但是我，一切从事文艺的人，应该有这个感想。从国民党执政以来，压根就没有重视过文艺，至多录用几个御用的政论家，就算没有忽视文艺，一直到最近，他们的这个作风没有改。所以这二十多年来，文艺家为生活所苦，为思想束缚所苦，没有法子产生伟大的作品。像我这样车载斗量的文人，自是写不出有分量的东西。我也就变了那公式的文章写法，在此期间，除了和《旅行杂志》写了一篇无关痛痒的《蜀道难》而外，我另辟了一条路线去找材料。计在《新民报》发表的，有一篇极长的《牛马走》和一篇二十多万字的《第二条路》（后在上海出版，改名《傲霜花》）。还有一篇二十多万字的《偶像》。接着《蜀道难》，给《旅行杂志》写了《负贩列传》（后来改名为《丹凤街》）。这里所写的人物，都是趋重于生活问题的，尤其《牛马走》《第二条路》和《负贩列传》。

抗战是全中国人谋求生存，但求每日的日子怎样度过，这又是前后方的人民所迫切感受的生活问题。没有眼前的生活，也就难于争取永久的生存了。有这么一个意识，所以我的小说是靠这边写。可是，当年在大后方的报纸杂志受检查，而书籍也是受检查的。我既靠写作为生，我决不能写好了东西而"登不出来"（当年《新华日报》被检的文字，以此四字作声明）。所以我虽然要写人民生活，只是在写作技术上兜圈子，并不能做什么有力的表现。

在三十五年（一九四六年）间，我例外地写了一篇纯军事的小说，那就是《虎贲万岁》。我说过，对军事是百分之二百的外行，怎么写军事小说呢？在《虎贲》序文上，我交代得很清楚。乃是在常德作战的残余官长，有两个参谋，他要求我写的。他们无条件地借给了许多作战文件让我看。同时，这两个参谋，并不断地到我茅居里来现身说法。这个要求，几乎有一年之久，我为他们的诚意所感动，就写了这篇小说，而直到抗战胜利以后才完卷。至于他们何以要这样做，他们说是对那战死的一师人，聊尽后死者的责任。我相信，这不是假话，因为他们并无所得，也无所求。我写战地里的一个伙夫，都是真姓名。而这两位参谋的姓名，为了避嫌却不在其列，这是可以证明他们的态度的。

四十五

茅屋风光

我这里所说的生活材料，是眼见社会上一般人的生活，而不是我个人的生活。我个人的生活，不会明显地反映到文字里去。但文字终究是生活的反映，人不经过某种生活，是不会写出某种文字的。

我觉得我自己没有生活上的一种艰苦的锻炼，就不会知道人家吃苦是什么滋味，自己也就体谅不到吃苦。天下尽有在咖啡座上可以谈农人辛苦的人，但是不论怎样地谈下去，绝不能丝毫搔着痒处。我虽然没有历尽人世的艰辛，可是社会各阶层我都有过亲切的接触，而我们身为知识分子，在战前很不容易得着的茅屋生活，我就过了七年。自信这种环境，比我读了许多书的教训还要深切有益。这对于写作，不但有莫大的帮助，就是对于为人也有了莫大的指示。这一点，倒不宜抛弃的。我写的是写作生涯回忆，既涉及写作，而又是生涯的事，我也不妨写一点。

因抗战而入川的人，像潮水一般地涌到了四川，涌到了重庆，重庆的房子立刻就成了不能解决的问题，加之二十八年夏季的日机大轰炸，将重庆的房子炸去了十分之五六，让在重庆住鸽子笼的人，都纷纷地抢着下了乡。乡下也是没有房子的，于是下乡的人就以极少的价钱，建筑起国难房子来居住。这种国难房子，是用竹片夹着，黄泥涂砌，当了屋子的墙，将活木架着梁柱，把篾子扎了，在山上割些野草，盖着屋顶。七歪八倒，在野田里撑立起来，这就是避难之家了。这种房屋，重庆人叫着捆绑房子，讲的是全用竹篾捆扎，全屋不见一根铁钉。

我也有这样一所茅屋，但这茅屋不是我盖的，也不是我租的，是朋友送的。原来我住在一幢瓦房子里，有两间房，相当的干净，房东要发国难财，撵我们出去，要卖那房子。这房子后面有十间茅屋，除了出卖了四间，将六间租给了文艺协会。

后来文协搬走了，房东是我的朋友，他让我搬了去，议定自修自住，不取房租。我也无须六间屋子之多，住了三间，又让了三间给一位穷教授，于是安居了好多年。除了我故乡那间老书房，这三间茅屋对我的写作生涯是关系特深的。

在我的小品文集《山窗小品》里，对这茅屋是描写得很清楚的。简单言之，窗子外是走廊，走廊下是道干涸的山溪，上面架有木桥，直通走廊，木桥那头，是丛竹子。竹子后面是赶集的石板路，石板路后面是大山。山上原来有树，而国民党的军队来一回砍一回，砍来将柴卖给老百姓（我说这是一幕喜剧。我们窗子外的树，我们不敢动。人家砍了还卖给我们拿了钱去，我们真是白痴呀）。这样山就光了。不过，下雨，溪里有洪流；出月，山上有虫声；下雾，眼前现出变幻的风景。这里还是很有趣的。当然，这里却不会引起高人隐士之风。第一，在这个溪两旁，全是受难的公教人员，穷的教员，穷到自己浇粪种菜。大家见面，成日地谈着活不下去。第二，村子里也有极少数的投机商人，对我们的生活很是一种刺激。第三，隔了面前这座山，就是孔公馆。孔公馆建筑在一座高山上，绿树葱茏，石磴上拔，环曲千级，四层立体式的洋楼，藏在一个树林的峰尖下。不说里面的布置，单是穿山的这一座防空洞，里面有无线电，有沙发，有电话，也就可知其阔绰了。这不过是无数孔公馆之一，孔院长、孔夫人、孔二小姐，根本不来，只有几十个副官，在这里落寨为王，打家劫舍。这不但文艺人看了心里不平，所有的老百姓都侧目而视。这一点，往往是引起了我写作的愤慨情绪的。我茅屋里夹壁上，自书了一副对联：

闭户自停千里足，

隔山人起半闲堂。

四十六

《上下古今谈》

我生平所写的散文，虽没有小说多，当我在重庆过五十岁，朋友替我估计，我编过副刊和新闻二十年，平均每日写五百字的散文，这累积数也是可观的。但我的散文，始终用"恨水"的笔名，而为社会所注意的，要算是在《新民报》的《上下古今谈》。当我写第一篇《上下古今谈》的时候，我曾说过，上至宇宙之大，下至苍蝇之微，我都愿意说一说。其实，这里所谓大小也者，我全是逃避现实的说法。在重庆新闻检查的时候，稍微有正确性的文字，除了"登不出来"，而写作的本人，安全是可虑的。我实在没有那以卵碰石的勇气，不过我谈了谈宇宙与苍蝇，这就无所谓。我利用了我生平读历史的所得，利用了我一点普通科学常识，社会上每有一个问题发生，我就在历史上找一件相近的事谈，或者找一件大自然的事物来比拟。例如说孔公馆，我们就可以谈谈贾似道的半闲堂；说夫人之流，我们可以谈杨贵妃；说到大贪污犯，我们可以说和珅；提到了重庆政治的污浊，我们可以说雾；提到狗坐飞机，我们可以说淮南王鸡犬升天。这样谈法，读者可以做个会心的微笑，但我并没有触犯到当前的人物。

当然，检查人物他是看得出来的，有时也被扣除了。但很能因文字对表面上的"言之有物"，他们没有理由扣除。当政协初开的时候，我曾一时灵机触动，将清朝隆裕的退位诏书，删去不相干的段落，转录一道，作了《上下古今谈》。我并知道，最好不要参加自己的意见，所以文前只有很少的几句介绍话。这篇文字登出来了，在重庆竟是一个雷。有些作会心微笑的朋友，还转录到别的刊物上去，虽是许多朋友为我捏一把汗。而《上下古今谈》当时能被社会注意，就在这一点。后来很多人劝我出书，我说这虽是谈古事，实在是有时间性的，出书没多大意思，所以不曾出版。

《上下古今谈》写了好几年，大概有一千多条，有百万字上下。除了很少数几十条是用文言写的而外，百分之九十几全是白话。不过都像隆裕退位诏书那样引用恰到好处的，也并不多见。

四十七
散 文

为了说到《上下古今谈》，可以顺便谈谈散文。远在北平《益世报》写小说的时候，我就担任过每日一篇的散文。不过《益世报》有宗教的关系，散文不好写。那个时候的散文全是文言，只是在语助词上兜圈子，除了运用子史格言，很难发挥什么意见。这样的散文大概写了二三百条，完全是一个作风，那时给《益世报》写社论的颜旨微君（此君早已去世），就很主张我继续写，但我都以词穷而婉谢了。至于我历年编写副刊，那都是每日为补白而作，虽写得很多，却不成格式，差什么，写什么，差多少，写多少，事后只有送进字纸篓。倒是在大后方，写了两个散文集。一个是《山窗小品》，一个是《水浒人物论赞》。《山窗小品》就是我在那茅屋写的，写的全是眼前事物。《水浒人物论赞》那是我搜集当年为《世界晚报》《南京人报》写的稿子，再补上若干篇成的书。关于前者，我走的是冲淡的路径，但意识方面却不随着明清小品；关于后者，我对水浒人物用我的意见，对那些人做一个新估价。不过这两部散文，全是文言的，和《上下古今谈》的作风完全两样。

我本也无意出书，因为在重庆的出版家，要求这样办，我就当古董卖了。

此外，我和国内刊物写的散文，三十年来也不会太少。三十岁以前的作品，我自己都淡忘了。三十五岁以后，对散文我有两个主张，一是言之有物，也就是意识是正确的（自己看来如此）；二是取径冲淡。小品文本来可分两条路径，一条是辛辣的，一条是冲淡的。正如词一样，一条路是豪放的，一条路是婉约的。对这两条路，并不能加以轩轾，只是看作者自己的喜好。有人说辛辣的好写，冲淡的难写，那也不尽然。辛辣的写不好是一团茅草火，说完就完。冲淡的写不好，是一盆冷水，教人尝不出滋味。

四十八

斗米千字运动

再说到抗战时候的写作生活。所有在大后方的文艺人，没有一个能例外，都是穷得买不起鞋袜的。有些人教书，有些人当不被重视的公务员，有些人干脆打流浪。我还好，兼作新闻记者，多少有些固定的收入。吃的是平价米，那是征买来的粮食（提到此，让人永远不能忘了四川人），分配各团体机关，再以极廉的价钱配给薪水阶级人物，所谓平价是也。其实，谈到平价，等于自给。因此，米是古人所谓"脱粟"，仅仅是去了糠。砂子稗子谷子，总不下十分之一，我吃饭为挑去这些东西，时常戴起老花眼镜来，其苦是可知的。穿呢，由入川起，三个年头没缝一件小褂子。住，就是那茅屋了。行，这是比吃平价米还要头痛的事。重庆市是山城，无处不爬坡。马路也是在高低不平的山梁上建筑起来的。文艺人没有人能坐得起车轿，而且在重庆也不忍心去坐车轿。石达开说的话，"万众梯山似病猿"，可以形容这一个轮廓。人力车夫拉上坡，头就和车把靠了地。轿夫上坡，气喘如牛，老远就可以听见。这样，只有挤公共汽车。城里的汽车挤得窗户里冒出人来。下乡的汽车甚至等一天，买不着那张汽车票。南温泉到市区十八公里，还要过一道长江，十次至少有五次我是步行。为了争取抗战的胜利，并没有谁发出怨言。可是当我们到疏建区，看到阔人新盖的洋房，在马路上看到风驰电掣的阔人汽车，看到酒食馆子里，座上客常满，就会让人发生疑问：一样在"抗战司令台"畔，为什么这些人就不应该苦？这样文艺人站在他自己的立场上，呼吁出改善生活来。

在民国二十九年以后，文字在大后方，开始有点出路了。除了报纸收买稿子，也有些刊物出现。写文章的人所谓改善待遇，当然以提高稿费为唯一的目标。于是由在桂林的文艺人发出了呼吁，要千字斗米的稿费。若在战前，江南的米不过是十元以下一担。小都市里，四五元就可买到一担米了。一斗米的价值，不上一元钱，这种要求可说是极低。可是大后方的粮价始终是涨得太凶的，在我们要求千字斗米的时候，重庆的米已经超过了一百元一斗。不过川斗和普通市斗不同，它是三十二三斤一斗，一斗等于两市斗强。折合下来，一市斗米也需六七十元。稿费怎么样呢？最高的稿费，没有超过十元。一下子要把稿费涨上去六七倍，这是不可能的。我还记得，在抗战胜利接近的前夕，重庆最好的纸烟华福牌是每盒一千元，而打破纪录的特等稿费，也是每千字千元。那就是说写一千字，只好买盒纸烟吸吸而已，而这还是特等的，稀有的。自此以下，那就不必提了。因此，千字斗米运动只是一句口号，绝不曾实现，而文人也就为米焦碎了心。

四川很少麦粮，除了米就是苞谷（玉蜀黍）红苕（红薯），及少数的高粱。而这些杂粮只有乡下有，市上不大多见。所以当时的文人，都是为米而奔波。若是一个光杆文人那还无所谓，在重庆还不难每日混到两顿饭。若是有家眷的文人，这就难了。我们在长途汽车边，在轮船码头上，常常可以看到一些穿破烂西服或中山服的人，身边带着一个米袋子，那就是公教人员带平价米回家。自然，这包括文人在内。这情形，谁出斗米买一千字呀？

米价越来越贵，千字斗米运动终于成为泡影。那时，我也就死了那条卖文的心，除了和《新民报》写着固定的文字而外，把写稿子的工夫余下来，看看架上残余的几套破书，或者念"无师自通"的英文，或者画"无师自通"的画。再有剩余的时间，就是和邻居谈天了。抗战八年中，平均每天不能写到三千字，可说是比较工作轻松的时期。假如那时能办到千字斗米，或许我可以多写出几部小说来。

四十九

夜生活

过了黄昏摸黑坐，无灯无烛把窗开，等她明月上山来。

这是二十九年，我填的几阕《浣溪沙》的半阕，说的是无油点灯。当然有人说，何至于穷得买不起菜油点灯呢？那也所费有限啦。这是有原因的。南温泉镇市上有时是缺油的，非点鱼烛不可（北平叫洋烛）。一支鱼烛，等于一斤多菜油的钱，这算盘不能不打。煤油又是珍品，也没有煤油灯（到胜利前夕，有煤油灯了）。尤其是冬天，不要说是月亮，重庆为雾所弥漫，整月看不到太阳，那明亮的月光有时临到山窗，那是让人苦闷的情绪为之一振的。不过天下事有一利就有一弊。在太平洋战争未发动以前，日本飞机大批停在汉口，有空就会来袭重庆。月夜，是他们肆虐的好机会。因之有了月亮，又有躲警报的恐怖，我们总是在这矛盾的情绪下过着月夜。

若是没有月亮之夜呢（多数的时间是这样的），我们就在屋子里待着。三间屋，照例是两盏菜油灯。夏天，窗子开了，蚊虫、小蛾子，以及一切不知名的虫豸，像雨点向灯上乱扑，两条光腿，若不是坐在雾气腾腾的蚊烟下，就得拿着扇子手不停挥。冬天，四川是不需御寒的炉火的，破袜子单鞋，坐久了也冷。春秋良夜，可以对灯小坐了，而油碟子里两三根灯草所放出的光亮，照着屋子里黄澄澄的，人影也模糊着，看书实在是有损目力，写稿是更无此心情了。所以在四川八年的夜间，除了进城，住在报社里，有电灯还可以做点事。若在乡下，夏天是乘凉而早睡，冬天是煨被窝而早睡。写文章的人，多半喜欢过夜生活，在重庆乡下的文人，可以把这习惯扭转来了。

五十

意外的救星

我的时间是这样地支配着，写得不多，而又无法多写，这生活是怎样地度下去呢？第一，报社里分的平价米，勉强够吃；第二，屋子不要钱（但是怕修理）；第三，根本不做衣服，所欠的也就是小菜和零用钱而已。在太平洋战争未发动以前，遥远地靠着上海转来的一点稿费，还在学校代过两年的钟点课，有时将报社的薪水前拉后扯，有时托朋友垫借几文，就这样穷对付着两三年。好在肉体上的艰苦，那是看在其次的事。我不幸住在这南温泉，乃是二陈的陈家寨所在，周围几十里，都是他们的教化圈子，精神上有一种莫名其妙的不舒服。而这种不舒服，日久也安之若素了，自然更不计较衣食的困苦。

天下事，也有飞来的福分。正在太平洋战争起，香港新加坡都为日本魔爪席卷而去以后，我竟有些意外的收入。那就是在上海所出版的我的写作，崭新的封面，由香港兜个圈子，到了重庆。这些书，有的是我已经卖了版权的，有的是版权没有分明的，有的是版权还保留着的。我本人现在重庆，这大批的

103

心血结晶品在街头出卖，我不能熟视无睹。出版家也非常地明白，就自动地来找我，告诉我他们是由香港转进的。过去他们对发表的报社已纳过版税，现在到了重庆不管我版权谁属，凡是在重庆出卖的书都打算翻印，也都给我百分之二十（新著）或百分之三十六（旧著）的版税。我当然也不过问过去，就和出版家订了新约。由三十一年到三十四年，在后方出版和翻版的（世界书局翻版的不在内。因为那是我抽不到版税的），共有二十几种之多。每月所得的版税，可能超过我薪水十倍。于是我有钱做几件衣服穿了，也有钱买肉给小孩子吃了，而且还有些剩余。直到胜利回家，我都利用着这点版税作川资。

五十一

土纸书

我在后方出的书，有一个特别的标志，那就是纸张是极恶劣的。因为在四川被日寇封锁之下，外国报纸是不能进去。在四川所有的任何刊物，全是用土纸印刷。这类土纸是用手工制造出来的，质料比江南所谓表信纸还要坏些，比北平的所谓豆纸，也高明无多。有个时期，北平有许多刊物用片艳纸印刷，大家就都觉得不舒服。其实片艳纸还有一面是光滑的，而四川的土纸，两面都粗糙黄黑，不但印字不清楚，而且印料太薄，先印的一面往往是"力透纸背"。平常的一份报纸，传观几个人，向口袋里一揣，再拿出来，那报纸就成了一团糟了。印书的纸虽然尽量挑那些好的，可是印出书来不清楚和"力透纸背"的事依然在所难免。所以在后方小说得推销出来，那实在也足以证明精神食粮的缺乏，而有饥不择食之嫌了。一个在车站上等时间的朋友，他拿着一张报可以看三四遍的，甚至报上的广告他也可能一字不漏地看下去。我们可以知道，不是那张报编得连广告都精彩非凡，而是那个等时间的人需要精神食粮，以度过他那个枯燥无味的光阴。所以我想到，我一二十种著作在后方以土纸印刷，都可以出几版，大后方的人需要书籍是很可证明的。

中国的小说，还很难脱掉消闲的作用。除了极少数的作家，一篇之出有他的用意，此外大多数的人绝不能打肿了脸装胖子，而能说他的小说是能负得起文艺所给予的使命的。我承认那种土纸印的小说，尽管看得让人大伤目力，而读者还不过是消遣消遣。问题就在这里，我们是否愿意以供人消遣为己足？是否看到看小说消遣还是普遍的现象，而不以印刷恶劣失掉作用？对于此，作小说的人如能有所领悟，他就利用这个机会以尽他应尽的天职。

这些土纸书，在胜利以后也有人带到上海和北平来，大家看了都摇头不止，不相信这种书可以卖钱。我这里就得附带一笔，有几部书印刷也不坏，一来是带了上海的纸型，入川翻版，二来纸张也是好些的。

五十二

榨出来的油

现在我可以记一笔账，在抗战以后，在大后方完成和未完成的小说，是以下这些。《疯狂》约五六十万字。《八十一梦》，约十七八万字。《牛马走》，约百万字。《第二条路》，约三十万字。《偶像》，约二十万字。以上发表于《新民报》渝蓉两版。《巷战之夜》发表于重庆《时事新报》。《夜深沉》《秦淮世家》各约三十万字。《水浒新传》，约六十万字。以上在上海《新闻报》发表。《红花港》约二十万字，《潜山血》（未完），发表于香港《立报》。《大江东去》，约二十万字，发表于香港《国民日报》。《游击队》发表于汉口版《申报》（未完）。《前线的安徽，安徽的前线》发表于《安徽皖报》（未完）。《雁来红》发表于《昆明晚报》（未完）。《虎贲万岁》约四十万字，未在报上发表，由上海百新书店出书。《蜀道难》约六万字，《负贩列传》(《丹凤街》) 约二十万字，发表于《旅行杂志》。补足一部书，《中原豪侠传》约三十万字。改掉一部书《太平花》，约三十余万字。补足一集散文，《水浒人物论赞》，约五万字。写成一集散文，《山窗小品》，约六万字。此外，各种散文，八年来约写了一百四五十万字。

八年的年月，不算短暂，平均每日能写三千字的话，就当有八百多万字的作品。根据上面那些账，大概相去也不会太远。在生活安定的日子，文人可以去安心写作，这实在不算多。可是回想到那八年所度过的生活，就没有能写出这些文字的理由。当然，诗以穷而后工，这话还不能完全否定。但我作的不是成行的诗，而是连篇累牍的小说和散文。尽管不工，以量来说，以日计之，那是太平凡了。很多文人，伏在桌上，一口气就可以写三千字。而把八年的总和来计算一下，自己倒要反问自己，我怎么会写出这些字来？

我还记得两个故事。一个故事，是日本敌机群八天八夜对重庆作疲劳轰炸的时候，我在一座天然洞子外的竹林下，睡了三天三晚。白天怪心烦的，看上两页书，但并没有几个字印到脑子里去，而嗡嗡然的机群声，又在远处云天脚下发生了。输入都不能够，还谈得上什么输出？又一个故事，茅草屋顶被风吹去了，成了个小天井，仰在竹板床上，可以吟那句"卧看牛郎织女星"的诗。这"烟士披里纯"①，并不怎么好。大雨来了，这屋顶天井，几条很长的水柱，向屋子里斟着天然水，地面就成了河渠。我吃饭写字的那间屋子就在隔壁，雨点向桌上飘，文具全为之打湿。躲向屋里一张小方桌上写字，倒是躲开了水灾。而四川乡下那种小黑蚊小得肉眼看不见，这时全涌进了屋子。半小时之后，不但两腿奇痒难受，而且起泡之后还相当地痛。这怎么能安心地写稿呢？

可是在这两个故事过去之后，我立刻就得写。不写怎么活下去？我自己对自己的稿子，笑着下了一个批评，就是榨出来的油。

五十三

胜利后的作品

自从"九一八"以后，脑力劳动就没有得着水平以上的待遇。抗战八年中，这辈人是更苦。日本人的无条件投降消息传来了，大家都唱着杜甫"白日放歌须纵酒，青春作伴好还乡"的闻捷诗，我也是被这天上掉下来的胜利冲昏了脑瓜。把写作

---

① 英语单词inspiration的音译，灵感的意思。

生涯暂时告一段落，预备东归以后，在半村半郭的地方盖三间小屋，读书种菜，卖文课子，带着一群孩子，实行我的口号，就是"出自己的汗，吃自己的饭"。东归计划，除了回乡探亲一省七旬老母不曾变更而外，其余是全推翻了。我还是住在都市里，我还是当一名新闻从业员。

在胜利以后，币制是一直紊乱，物价是一直狂涨，对于国民党的金融政策，谁也不敢寄予以丝毫的信用。这样，自由职业者就非常地痛苦，尤其是按字卖文的人，手足无所措。因为卖文的人，都是把稿子寄出去，一月之后，才能接到稿费的，可是这就是个无比的吃亏。月初，约好了每千字的稿费，也许可以买个两三斤米。到了下月初接到稿费的时候，半斤米都买不着了。有些收买稿子的报社和杂志社，体恤文人，也有半月一结账的，也有预付一部分稿费的，但这都不能挽救文字跟着"法币"贬值的命运。物价的跌跃每月加百分之百以上，那是常事。稿费根本不能按月调整，就是按月调整，也不能一加就是百分之几百。所以对任何收买稿件的人，订好了稿约总维持不了两个月。到了后来，几乎寄一次稿子，就必须商量一次稿费。多数人如此，我也是这样。这种趋势让写稿的人和收稿的人，都感到一种"过分的无聊"。既然无聊，这卖文生活又何必去继续呢？

在这种情形下，胜利后的两年间，我试了一试卖文的生活就戛然中止。所幸除了《新民报》经理职务的薪水而外，上海两三家书店的版税，依然是超过薪水的几倍收入，我不出卖稿子，也还不至于影响到生活。所以这期间，我只给《新民报》写了个长篇《巴山夜雨》，又给上海《新闻报》写了个长篇《纸醉金迷》，如此而已。这两部书都是以重庆为背景的，在别人看来，不知做何感想，至少我自己是做了一个深刻的纪念。《巴山夜雨》在我收束之下，还没有把稿子重订，而时局已经变化了，只有将来再说。《纸醉金迷》在没有完篇的时候，已经被电影公司拿去作题材，上两个月由我把上半部故事编了一个剧本。这两年来，稿费的收入可说是比抗战期间无以加之。

到了民国三十六年，纸价已经贵得和布价相平了。上海的书商有了纸张在手，宁可囤纸，也不印书，因之我在上海出版的二三十种书全不再版。出版家虽也陆续地寄给我一些版税，较之三十五年已不成其为比例。起初，我以为纸张的昂贵影响到书的出版，这是暂时的现象，还忍耐地等待着，后来一月不如一月，我把版税当养老金的算盘，暂时就得搁上一搁，于是把那老话再拿出来，对家庭用度要"开源节流"。"节流"除了吃的以外，一切以不办为宗旨，而"开源"只有多写文章出卖了。好在找我写稿子的人倒是机会不断的。于是我又先后写了三个长篇是《一路福星》《马后桃花》《岁寒三友》。但这三篇小说，都因稿费的商榷不能得着一个合理的解决，都没有写完。最后有《雨霖铃》和《玉交枝》两篇，都是因交通中断而停止的。

为了交通关系，我也觉得向外寄稿，写长篇是不大好的，我很想改变作风，多写中篇。所以这两年以来，我很写了几个中篇，如《雾中花》《人迹板桥霜》，以及最近写的《开门雪尚飘》。这一试验并没有失败，将来也许我常走这条路。[①]

五十四

伪 书

由我写那篇不知名的小说提起，直到上节为止，关于我的小说可以做个总账交代了。这仿佛是篇流水账，无情趣可言。但要详细地知道我三十多年的写作，不能不这样地报告。现在在总账以外，对写作生涯有关的，我摘要地要找几件事说一说。第一件，便是张恨水伪书了。

民国三十二年，舒舍予的夫人到了重庆，因老舍兄的介绍，我们认识了。舒夫人是由北平到后方去的。见了面，不免谈起了一些北平的别后风光。舒夫人说了几件事之后，就提到

① 这期间尚有《五子登科》长篇连载于北平的《新民报》，未完；1956年续完后出单行本。中篇《步步高升》亦连载于该报。

我的小说,在华北,在伪满洲国出版的太多。她又笑说:"您不用惊讶,那全是假的,看过张恨水著作的人,一翻书就知道,那笔路太不一样了。"我当时相信事或有之,而伪书不会太多,及至我到了北平,据朋友告诉我的,和我在伪书底页上所看的广告,统计一下,实在让我大大地吃了一惊,这种书约有四十几部之多。这些作伪书的先生太和我捧场了,自己费尽了脑汁,作出书来,却写了张恨水的名字,这不太冤吗?不过一看了书的内容,甚至一看书的名字,就知道太冤的是张恨水,而不是作伪书者。记得这些书里,有一部叫《我一生的事情》。张恨水一生的事情,由张恨水自己写出来,这实在是不折不扣的黄色小说。喜欢低级趣味的人也好,好奇的人也好,怀疑的人也好,还有替我爱惜羽毛的人也好,少不得要买上一本看看。而作伪书者其计得就矣。我不知道这书里,把我糟蹋成个什么人物,以这种手段和张恨水作伪书,那不仅仅是骗读者的钱,对张恨水是恶意的侮辱,乃是无疑问的。记得我当《新民报》经理的时候,经理室的工友,就拿了一本张恨水作的肉感小说在看。同事拿来给我过目,我除了向工友解释,请他别看而外,我就难过了两天。可是我没法子把市场上这些伪书烧了,除了听其自生自灭,实无第二良策。

凡是彻头彻尾的伪书,究竟难逃读者之眼,我相信它是会消灭的,至少是三四年以来,已不再版了。所难堪者,却是半伪书。怎么叫半伪书呢？就是把我的书，给它删改了，或给它割裂了，却还用我的名字，承认不是，不承认也不是，这都叫人啼笑皆非。例如我在《晶报》上发表的《锦片前程》，我是没有写完的，上海就有一家书店给它出版了。除了改名为《胭脂泪》而外（改书的人可能不懂《锦片前程》是什么意思），加了许多文字进去，而且把书足成。众所周知，我一贯主张，写章回小说向通俗路上走，决不写出人家看不懂的文字。而这位改写的人，就用的是空洞堆砌的美丽长句，时而通俗，时而高雅，这成何话说？又我写的《春明新史》是用回目老套，也有人改了，改名为《京尘影事》①，一回分为两回，一个回目管一回。把书分成两集。这样一来，章法太乱，不但文不对题，甚至下文不接上文，简直一团糟。俗言道得好："文章是自己的好。"我不敢说我的文章好，但我绝不承认我的文章下流。七八年来，伪满洲国和华北、华东沦陷区，却让我尊姓大名下流了一个长时期，我想，社会上许多我的神交一定为我太息久矣！

我初回到北平的时候，有人问我："你在重庆开了豆浆店吗？"我说："何以见得？"他说："日本人的报上，这样登的。"我笑说："这是抬举我，我在重庆过的日子远不如开豆浆

---

① 《京尘影事》应是经篡改的《斯人记》，而不是《春明新史》。

店的老板。"牛角沱和海棠溪有几家豆浆店，早上的生意之好，那还了得？我若能在重庆开八年豆浆店，我真发财了。但日本人原意，绝不是抬举我，这和作伪书的人自己费笔墨，替张恨水出名，其用意是一样的。

五十五

我死了

提起我开过豆浆店的笑话，就联想到日本人传说我死了！这也很有趣。事情是这样的，大概是民国三十年秋夏之间，乡居无事，又不免发点牢骚，作了若干首村居杂诗。其中有一首这样说：

> 茅草垂檐漾晚风，蓬窗斜卧一衰翁。
> 弥留客里无多语，埋我青山墓向东。

这当然说的是另外一个衰翁（当时，我才四十几岁，既不衰，也非翁）。假如衰翁是我，我死了，怎么还能作出这么一首诗呢？除非是我死了又返魂，或者是有人扶乩，我降坛作诗。不然，这话是说不通的。然而，这些村居杂诗香港的报纸

114

转载了，沦陷区的各处报纸再转载了。日本人就神经过敏的，在我诗的后面加上按语，说我死了，这是我的绝笔。意思就说：中国的文人啦，你们别抗战，抗战就同张恨水一样，饿死于重庆。

当今之时，文人发牢骚，实在也当考虑。记得我在重庆作的一些打油诗或歪诗，凡是悲叹生活艰苦的，只要是登了报，不用多久，日本人报纸就转载了。他绝不是捧场，而是反宣传。记得某老悲痛他大小姐之夭折，以新四军之被解散，也曾吃过一瓶"奎宁丸"，这很给当时重庆文艺界一个刺激。报纸上不免宣传一番，而这事辗转到了日本人报上，就是加倍地渲染，也做了很热闹的反宣传。所以在这些关节上，文人下笔倒是不可不慎的。

五十六

故事的利用

小说就是小说，并不是历史，我已经说过了。但例外地将整个故事拿来描写，这事也不能说绝无。若以我从事写作三十年而论，这样的事情也有两回。

第一回，我替《申报》"春秋"写的《换巢鸾凤》，就是有故事的，而且是受朋友之托的。在一个秋天，苏州的一位朋友请我由上海到苏州去看菊花，并介绍许多苏州文人和我见面。我是个忙人，不能有此雅兴。不过那位朋友郑而重之地写了封信给我，叫我务必去一天。意思并不光是要我去雅叙一番，我就只好坐快车去了。朋友是亲自在公园的菊花会上，把我接到他家。他家也小有花圃，畅叙之后，他把我引到内书房，拿了他私人的许多秘密文件给我看，他说，这是他生平一件伤心事，在过渡时代他和另一个女子为旧礼教牺牲了。这事虽已过去二十多年，但这心灵上的伤痕却是不可磨灭。他希望我运用这个故事，作个反封建的长篇小说。我当时曾笑说，你何不自己写呢？他说，那会犯主观的毛病，会把主角写成两位圣人。我倒是赞成他的话，我就答应了下来，写了这部《换巢鸾凤》。可惜这书没有写成功，中日战起就终止了。

另外一件事，就是写《虎贲万岁》，这已经交代明白了，不再赘述。不过《换巢鸾凤》和《虎贲万岁》不同。后者，我根据了参考文件，真名真姓真时间真地点，我都给他写出来了。前者却把这些都换了，只留下了那类似悲剧的故事。此外，有一半运用故事，一半是抽象的，那就是《欢喜冤家》和《大江东去》。《欢喜冤家》是间接地传来一个故事，那是可以反映出女伶的生活的痛苦的，这是个社会问题。《大江东去》呢，一半是人家传说的事，一半却是主角自己叙述他亲身的遭遇，也是抗战中一个社会问题。因此，两个故事都是生成的小说题材，我自然不会放过这种题材的，所以我都把它写成了。

底稿·尾声

文人写文的习惯不同，所用的工具也各有不同。在胜利以前，我写散文还不用钢笔，因为我写成了习惯，用毛笔并不比钢笔慢。但去年利用了报社里的破纸头印了稿子纸，因为比普通纸厚得多，我就试用自来水笔，结果比毛笔快些，我就改用了钢笔了。但我向外寄的小说稿，二十多年来如一日，我总是用铅笔和复写纸。这样，寄出去的稿子，挑选那清楚的一份，而留下那较为模糊的作为底稿，以便自己参考。我并没有估计到，在文字登过报或印过书以后，这底稿还会有多大的用处。到了民国三十六年（一九四七年），我发现底稿有用了。在四川江津的中央图书馆①，曾写了两封信给我，问我写的作品有多少底稿，他们希望我把这底稿捐赠给图书馆。但是在战前我写的底稿，早是片纸不存了。在四川写的底稿，虽然有，却是

---

① 指伪国民党中央图书馆。

拿不出去。它是类似竹纸的夹汀薄纸复写的。复写纸印出的一张，比较清楚我都交出去了。留下来的是浮面铅笔写的一张，只有些清淡的铅笔影子，而且有些纸已经划破了。我只好函复江津图书馆无以应命。后来，我写《虎贲万岁》，因为不是寄给报馆的，就用毛笔写，全书完工，誊录了一份，拿去印书，自己保留着原稿。这要算是生平写作中最完备的一份底稿了。

写到这里，关于我的写作生涯，仅仅是直接和文字牵扯，我都已略略谈到。若要再详细地写，再写这么多的文字，未必可以谈完，我想适可而止，就此打住吧。零零碎碎写到现在，我也是粗分个大纲，想到就写，何者是读者所愿意知道的，何者是读者所不喜欢的，我不能知道。但我相信，这篇写出以后，对于爱好我小说的读者，总可以加进一层认识的，在我自己而言，应该不会是白写。其余的只好作覆瓿之用了。

（载于 1949 年 1 月 1 日至 2 月 15 日北平《新民报》，据人民文学出版社 1982 年 6 月版《写作生涯回忆》改订。）

第二辑

小说艺术论

谈长篇小说

作长篇小说，前头例应有个楔子。可是有些长篇小说不必要楔子，硬在前面加一个楔子，无味得很。

长篇的起法，像《红楼梦》《西游记》都不好。《花月痕》更是废话。《野叟曝言》用解黄鹤楼诗一首为起，生吞活剥，而且用法过腐，也不好。最好的要算《水浒传》，用仁宗年间已远一语，下面接上故事，自有褒贬在内，而能统罩全书。《三国演义》，用"话说天下分久必合，合久必分"十二字为起，亦有力量，不过下面引的史事太多，美中不足。

《儿女英雄传》，起法揭明楔子由来，未免外行。因为楔子和本文的关系是应该暗示的。

京朝派的小说，很能代表北京中等社会以下的思想。它的起法，照例一阕《西江月》。不过不讲平仄，不讲韵叶，其实不是词，更不能说是《西江月》。向来小说一行，北方是平话式的。□以《施公案》《彭公案》《七侠五义》，换汤不换药，全是一路货色。《儿女英雄传》的作者心胸那样高超，他小说里也有著者大发议论。北派小说，似乎没法打破平话的范围

121

了。这与思想习惯大概都有关系。

长篇小说，必须用章回体，若是笼统一篇，一线穿底，有许多不好处。第一，书里的精华提不出。第二，读者要随便寻找一段，没法寻。第三，为文不能随收随起。

若是分章，必要安一个题目，统罩全章。若是分回，回目不要用一个，必要用两个。回目的字面，无论雅俗，总要对得工整，好让读者注意。

（原载 1926 年 11 月 3 日—4 日北平《世界晚报》）

长篇与短篇

（一）

近来常有读者不弃，致书与我，询问小说作法。吾虽以此为业，然以吾所业，合之于文学原则，举以告人，则实无所谓能。假曰能之，则按章为节，等于演义，要亦不适于报章之揭载也。兹姑于佣书之余，就立刻想到者随录若干，以事补白，作读者之读助，不必即引以为法也。

长篇小说与短篇小说，其结构截然为两事。长篇小说，理不应削之为若干短篇。一个短篇，亦绝不许搬演成一长篇也。

短篇小说，只写人生之一件事，或几件事一焦点。此一焦点，能发泄至适可程度，而又令人回味不置，便是佳作。

长篇小说，则为人生之若干事，而设法融合以贯穿之。有时一直写一件事，然此一件事，必须旁敲侧击，欲即又离，若平铺直叙，则报纸上之社会新闻矣。

短篇小说，不必述其主人翁之身世，有时并姓名亦省略之。而长篇小说，则独不许。因短篇小说仅在一件事之一焦点，他非所问。长篇欲旁敲侧击，自必须言主人翁之关系方面，既欲知主人翁之关系方面，主人翁之身世，不得不详言之矣！中国以前无纯小说之短篇小说，如《聊斋志异》，似短篇小说矣，然其结构实笔记也。

（二）

笔记与短篇小说，有以异乎？曰：有。其异在何处？一言蔽之曰：有无情调之分耳，古人笔记，固亦有情调者。然此项情调只是一篇中有若干可喜之字句，非对于一事有若何着力之描写，《虞初新志》所撰各短篇，几乎完全类此。然其文中无论如何，必注重述事，而轻于结构，故终不能认为纯小说也。

长篇小说，亦有注重述事者，若《列国演义》，然旧小说令人不能感兴趣者，亦以《列国演义》为甚，此可以知小说与历史之必异矣。

长篇小说团圆结局，此为中国人通病。《红楼梦》一打破此例，弥觉隽永，于是近来作长篇者，又多趋于不团圆主义。其实团圆如不落窠臼，又耐人寻味，则团圆固亦无碍也。

（原载 1928 年 6 月 5 日—6 日北平《世界日报》）

短篇之起法

我们要谈到短篇小说，先要商量它的起法。作小说也和作诗一样，敷衍的起法固然不好，平铺直叙的写法也要不得。现在许多新派的小说，多半是用写景起，像什么蔚蓝色的天空，或者一个岑寂的夜里，千篇一律，毫无意思。固然，写景起也是一法，但是这一片景致必须和书中结构有密切的关系。总之，写景也是在作小说本文，绝不要把这一段景致当作入题的套子，而且这种写景之句也不宜太多，以免拖沓。

"在一间小书屋坐着一个少年。"这也是新派小说的老帽子。且不问其是老套子不是，一念之下便觉得枯寂无味。我记得有人译《弱妹救兄记》的开头说："嗟夫，吾儿其死矣。言者为一老农……"

这种起法，非常跳脱，而且极合西文的笔法。我们读小说的人，看到这几句话，没有不注意往下读去的。若直译为：

"唉！我的儿子要死了，一个农人说……"

如此说法，下面固然不好接，就是文势也平淡得多。读者必以这是文言白话之分，那也不然。我们再把文言译成白话试试：

"唉！我那儿子恐怕是死了，说这话的是一位农人……"

我们咀嚼这种文势，也就和文言差不多了。

写景起、叙事起，都无不可。但最能动人的，莫如描情起。这样起法，是容易引起读者兴趣的。我曾作过了一篇《工作时间》，是这样起的：

"小说家伏案构思，酸态可掬。文中时方状一剑侠，舞剑有光，光闪闪逼人，意至酣也，忽有一温软之物，加若肩上……"

开首使用这些风趣的笔墨，最能使主篇不呆板，但也不可太趣，太趣就不免油腔滑调了，至于像《聊斋志异》那种报名式的起法，偶然为之也未尝不可。但报名之后，就不可背履历过多，要赶快由他的性情或行为上，递入一件事，归到本题，不然就是笔记了。

短篇小说，原不用首尾相照，但能相照，那尤其得有精神。不过倒装法，把结果写在前头，照后来径入题，不可为常；而且倒装要极含糊，不然结果人都知道了，这小说读着还有什么意思呢？

（原载 1928 年 6 月 20 日北平《世界日报》）

小说与事实

小说家虽不免借事实为背景，然而当以事实章就文字，决不以文字章就事实。故事实而入小说，亦十之七八，非事实矣。某不才，尚知天壤间有公道。好好恶恶，必社会同情者，初不以个人之见解而加诸膝，而坠诸渊也。毕倚虹先生，予所心折，然其为人，友朋中颇有微议。如《人间地狱》中写江湖源事，完全虚造，而又故意与人以索隐之地，毁其人甚深。实则所拮牛斯洋行之江某，偶因私事得罪毕先生耳。倚虹死且久，不愿多摘先死者之短，录此，可以知恨水之为恨水耳。此覆读小说者。

（原载 1929 年 3 月 29 日北平《世界晚报》）

《玉梨魂》价值堕落之原因

在十年前，二十岁以下之青年无人未尝读《玉梨魂》，以言其销行之广。今日新出刊物，如鲁迅、张资平诸人所作，均不能望其项背，唯张兢生之《性史》差胜之耳。曾几何时，"玉梨魂"三字，几为一般青年所未知。而稍读三五册小说之人，亦向著者作猛烈之攻击，即向之好之者，亦不惜恶而沉诸渊也。

一般人考此之事之由来，以为其故有二。（一）文字堆砌；（二）思想落伍。关于此二点，吾以为一言以蔽之，缺少小说的条件。其实小说不怕堆砌，亦不怕思想落伍也。盖一部小说之构成，有四大要素，曰：情、文、意、质。而质的部分与情又甚混合，然细辨之，亦实为二，如《红楼梦》中之三宣牙牌令，叙事体，质也。然其事之如何支配，使读者喜阅，此则须在有情调，其间如鸳鸯之行动与言论，及刘姥姥之诙谐，皆其一端。有质与情矣，而文必须有以达之，如《红楼梦》元妃省亲一段热闹之中，杂以凄怆，情质均佳，如文不达意，又毫无意味。曹氏写来，恰到好处，故令人欣赏备至，至其意，则为下部无好结果，先极力一扬，言富贵之不可恃也。

吾人再试观《玉梨魂》，对以上四点究竟若何。其质的方面，不过一书生恋一幼孀，因守礼而自封，固极简单，而章法又是平铺直叙，并不见情调（情调是最忌直率的）。至于行文真如秀才写卖驴文契三千言不见驴字，实是浮泛，非堆砌也。唯命意则尚不恶，盖对婚姻不自由及旧礼教害人，表遗憾者耳。顾情质文三点，均不能成立，而其意义遂亦埋没矣。此玉梨之为玉梨，而竟成道旁苦李也。

此外，予尚有一言。即是书曾轰动一时，论近二十年来之文字史，此书尚足占其一页之地位，又不幸中之大幸矣。至于谓其文字堆砌，然堆砌得法亦无大关系。思想落伍云云，在小说界尤不成问题，现在真能到民间去之小说，几何而不思想落伍耶？故《玉梨魂》之落价，原因在彼而不在此也。

（原载 1929 年 7 月 9 日北平《世界日报》）

《金瓶梅》

以文艺眼光过之之感想，《金瓶梅》一书为自好者所不愿道。予为小说迷时此书不读，认为遗憾，故亦极力搜索观之。当时只觉其为淫书，弃置十年，未尝再读。其后余对小说颇欲加以研究，人近中年，亦不嫌其有挑拨性，于是又于工作之暇检视一遍。窃以为除却诲淫之处外，固亦不失为社会小说中上品也。

书中写西门庆，只是一个凶狠的淫徒，风流温存一概不懂，而于挥霍钱财则不甚吝惜，此颇写出富家子弟之一般现状。十兄弟应伯爵谢希大等均长于西门庆，而以西门庆有钱，称之为兄，骂尽世人。其间十弟兄之逢迎西门庆亦无所不至，而其于拜弟兄时，出八分银子之份子，及西门庆死后若干日尚伪为不知，皆能写出市井小人龌龊原形。又西门庆死后，婢妾分散，僮仆拐逃，将如火如荼人家写得冷淡冰消，亦有章法，打破以前小说之团圆主义。此书实出《儒林外史》《红楼梦》前，而外史之写社会龌龊，红楼之写家庭盛衰，亦即各袭《金瓶梅》之技，发扬而光大之也。《金瓶梅》之于少年诚不应看，然其书之价值实在《杏花天》《灯草和尚》之上，用文学眼光看之，固不忍一笔抹杀也。

书中写女性，均是一班淫荡之人，而人各有其个性。如潘金莲之毒狠，李瓶儿之柔懦，吴月娘之糊涂，李娇儿之刁滑，均各有一副面孔，其各女子口吻亦颇妙肖，徒以写淫荡之处太赤裸裸的，遂不能为文艺界公开之研究物，良可惜耳。

（原载 1929 年 8 月 13 日北平《世界日报》）

小小说的作法

《明珠》的读者，近来有许多小小说的稿子投来，大家好像很是有趣似的。然而，我检查之下，觉得大家有一点错误。这错误是什么？就是小小说的组织只是在一反与一顺的文理。

固然，短篇小说的组织是要有一个交错点，只是这个交错点并不一定在文字里要表现出来，鄙人作的《死与恐怖》，树先生作的《插旗的大车》是个明证。此外，小小说还有写一个极简单极单纯的感想或环境的，很不容易动手，他日有工夫，当写一篇出来，大家研究。

（原载 1929 年 9 月 14 日北平《世界日报》）

小说也当信实

一部《三国演义》支配大半个中国社会思想，小说之力岂不伟哉？但《三国演义》之厚诬古人处正复不少。如周瑜本是一位宽宏大度人物，少年就曾指困赠友，《演义》却形容他成了一位气量狭小的汉子，卑鄙几近于小人。公瑾何辜，饮冤千古？

赵瓯北说：文坛代有才人出，各领风骚数百年。以中国社会之进步，教育慢慢普及，《三国演义》的鸿运再不会有好久的时代了。中国当有高尔基或者雷马克的作家出来，另以新作来领导社会思想。果有其人，我倒愿早献一言：小说也当给社会留些信史，好比渲染关羽不妨过火，描写周瑜却千万不可颠倒黑白。五步之内，必有芳草，小说作家内亦有董狐在乎？予日望之。

（原载 1940 年 9 月 10 日重庆《新民报》）

《儿女英雄传》的背景

在清朝二百多年间我们真没想到，最初两个成功的章回小说家都出于旗人。第一个自然是曹雪芹，他是汉军旗人，成了《红楼梦》千古不朽之作。第二个却是满族费莫氏文康（字铁仙）作下了一部《儿女英雄传》。笔者零碎在报章杂志上，所收得关于文康的身世材料，大概他是满族镶白旗人①，家住在北平海甸附近（也就是安水心之家了）。他是个不第的举子，文学有相当修养。因为出自旗人是个有钱阶级，也是个有闲阶级，早年是过着公子哥儿的生活，旗人的吃一点儿、喝一点儿、乐一点儿，"老三点儿"主义，他全有。晚年，儿子们不争气，以十足纨绔子弟的生活倾没了他的家产。他受着刺激，下帷读书，还中了点儿程朱理学的毒。本来满人是不爱谈程朱的，因为其中多少有点儿思想问题，他这一变已有点儿奇怪了。同时，他是个不第的举子，以久居北京，对政治也有点不满。因之他对当时一个盛传着吕四娘刺死暴君雍正的故事也有点爱不忍释，于是不平淡的生活，愤激的思想，新奇的故事，有闲的岁月，读书有得的文学修养，这五者融合为一，让他作成了这部《儿女英雄传》。

"说其书，不知其人可乎？"我们了解了文康的为人，就知道近人读《儿女英雄传》痛惜他化神奇为腐朽这一点，毋宁认为是当然的结果。因为他生活的反映，不会写得比这更好。我们不妨再来解释一下：第一，他痛恨他的儿子的败家，他就幻想出一个安公子龙媒来大大地安慰一下。安龙媒不但中了探花（清朝初例，旗人不点元），而且是个孝子呢。第二，根据

———————————

① 文康是满族镶红旗人。

传说，吕晚村的女儿吕四娘是成功之后嫁了一个孝子的，而这孝子还是文士。《聊斋》上侠女一篇，不也是这样隐射着吗？于是文康就把这个侠女收做了他的儿媳妇。他用"十三妹"三个字隐射着吕四娘。他又怕这犯了忌讳，解说着十三妹是何玉凤的"玉"字拆开的。第三，他自己幻想出一个安水心来寄托着，不但道德（当时的道德）文章都好，而且也会了进士。也许他家祖和父有人吃过贪官的亏，他就现身说法，做了一任知县，在河漕总督手上栽了个大筋斗。河漕总督是当年最能贪污的一个肥缺，他在举世公认之下，毫不隐讳地写下来。第四，雍正被刺而死，这是当时一个盛大的传说，因为他头一晚上还活跳新鲜，第二天早上就死了。国人是不能无疑的。雍正弑父杀兄，屡兴大狱，一手养成"血滴子"的暗杀团，满中国杀人。汉族知识分子，稍有不逊都全家族灭。这是一个不折不扣的暴君。不但汉人，也许满人都胆战心惊。一旦被刺，这是大快人心的事。可是文康究竟是个奴才主义者，他不敢写，也不忍写，就把吕四娘之行刺雍正，变为谋杀"血滴子"头领年羹尧。书里的纪献唐隐射"年羹尧"三字，是再明白没有的了，但文康既宗学程朱，他不能同情刺客而作《刺客列传》，所以写纪献唐是被正法的，直用了年羹尧的故事。而十三妹有报仇之心，无报仇之事，也符合了作者那份儿迂腐的思想。这样解释，便可知道文康在他的儿女英雄之见解下，怎样作成这部书。论他的全书，和中国多数章回小说家一样，是托诸幻想，来聊以自慰的。不过论其动机，我揣测着他还是太爱惜吕四娘这位女英雄的缘故。

回头我们再就书的文艺价值说。本书原名"五十三参"，有五十三回，现传的却是四十回，十三回失传了。另有三十回，是说评书人续写的等于胡扯的《济公传》，不足一观。所以我们只能说正本四十回。先论布局，前二十回很好，故事的运用也很紧凑。自安龙媒点元以后，就有些扯淡。在个性的描写上，前一半也相当成功。十三妹、邓九公、舅太太、张老实、张亲家太太，都写得恰如其分。就是写安龙媒一时是无用的书生，一时是要变成纨绔式的名士，都也把握住个性的发展（不过做了官就完了）。写安水心，现在看来有点像伪君子，是《红楼梦》贾政型的。不过红楼是有意这样写，而文康是无意地流露。大概他的思想是以这种人为正确的吧？后半部故事坏了，人也就坏了。到安龙媒被任命为乌里雅苏台大臣，全家像听到宣布死刑，这一幕悲喜剧也小小地暴露了旗人是怎样对付国事的。可惜全书很少这样委婉而又深刻的描写。由悦来店到红柳村这是书中一个高潮，写得有声有色。也可惜后部几个高潮越比越坏。总而言之，是受了作者思想的拘束，一定要"化神奇为腐朽"，以致创伤了全部主角。对河漕大人的贪污描写也嫌不够深刻。最后，让这位谈大人去赶庙会画三花脸儿唱道情，也可见作者对于贪官有一种不可忍耐的笑骂。此外，道路难行，强盗结案，和尚设地窖，民间秩序之糟，和其他武侠小说一样，并无顾忌地叙述，这虽落了武侠小说的窠臼，也可见当年强盗遍地，为统治阶级不讳言的一件事。以文康的身份，他描写落草的强人并没有说教的企图。这又可以反映当时社会的思想，还不免把忠义寄托在上风杀人下风放火者的身上，我们不能不为当年一班老祖父叹息几声。其他对科举对官场，都也有点儿暴露。虽是粗枝大叶地写来，却也不少供给研究清代社会者一番咀嚼。

《儿女英雄传》的对白太好，有些地方简直胜过《红楼梦》，纯粹的京白，流畅的语气，相当合乎逻辑的文法，章回小说里很难找到对手。书里许多俏皮句子，也有幽默感。虽然有时啰唆一点，似乎不怎么讨厌。近时文坛除了老舍兄，很难找到能写出这种漂亮对话的。至于书里常常跳进作者叙述一顿，这是不可为训的。可是章回小说受说评书人的影响，北派小说家就有这么个习惯，也不能独责文铁山。至于意识方面，本书是不必去嗅察就知道一种浓厚封建气味的。我们只有在时代上面宽恕了作者。本书原不必让他在民间普及，可是北方民间除了《红楼》《水浒》《三国》，恐怕他的深入性也不会让过《封神》与《西游》（武侠小说除外）。好在科举早已过去了，这种劝人读书中状元的说教也许不会流毒太深。至于欣赏文艺者，我倒劝他不必抹杀这部书。

最后说句题外的话，吕四娘刺杀雍正的故事，虽然当时盛传，恐怕还是民间无可奈何的幻想，我疑心不可能。至于雍正的确暴死，也许事出宫闱，因为"一舟敌国"，宫里也不少他的仇人啦。

（原载 1945 年 8 月 5 日重庆《新华日报》）

小说的关节炎

长篇小说中的关节，的确不容易，由这事渡到那事必须天衣无缝，使人丝毫看不出来，这才是高手，否则硬转硬拐，不仅接不上气，读者也不能聚精会神了。

旧小说多半是"花开两朵，各表一枝"，或者是"按下不表，且说……"可谓其笨如牛。新的小说中另有办法，然而弄好了的也不多。

当年刘半农曾经大大地挖苦过一阵，他拟了一个格式，即是"老王去找老刘，半路上遇见老李，于是写老李回家，由老李回家，在街上碰到赵大和孙三打架，于是叙上了赵大，结果是红头阿三来排解，赵大孙三都跑了，底下就拉住红头阿三不放，等到红头阿三下班，又瞧见了钱六，赶紧写钱六，钱六当晚应个宴会，于是老侯、小马、周七一齐出场，乱成一片，结果，老王找老刘的事早丢到天外去了"。这个是开玩笑，但确有此种情形。

平江不肖生（向恺然）的《江湖奇侠传》总算是脍炙人口的小说了，但他也犯这个毛病，正说两派之争，忽然说到某甲的学艺，由某甲又说到他师傅某乙，便又由某乙从师傅某丙谈起，某丙有一天上山打柴，遇见了老虎，打不过它，被某丁一箭将虎射死，底下就写上了某丁，由某丁说到他的妹妹某戊，而某戊又是跟老尼某己学的，某己是高僧某庚的徒弟，结果把两派之争全忘了。

这些硬渡的办法无以名之，名之曰"小说的关节炎"。

（原载 1946 年 4 月 17 日北平《新民报》）

章回小说的变迁

什么是小说？照普通人看来，凡叙述民间小事，情节动人的，这个叫小说。但是这不能归入小说的定义。我们就拿《三国演义》来说，这岂不是历史上的大事吗？怎么也叫小说呢？

137

我个人的意见，应该说："凡是宇宙间的故事，说起来很动人的，这个叫小说。"

我们首先要考一考，"小说"二字的来源。《庄子·外物篇》上说："饰小说以干县令，其于大达亦远矣。"这是最古的小说两个字。但是那个时候的小说与现在的小说，完全是两回事。下及隋朝（唐朝已经有类似小说的抄本，不过词句非常拙朴，这在敦煌石窟里发现的），都是此类。《汉书·艺文志》说过，"小说家者流，盖出于稗官，街谈巷语，道听途说者之所造也"。不过这个书自唐朝以来，已是亡个干净。好在它是街谈巷语，完全写些小事，我们可以想得出来的。

唐朝虽然有书，但也不过万来言短篇故事（《秋胡》《唐太宗入冥记》等），而且抄得别字很多，也不为文士所喜欢。但是不为文士所喜欢，却是民间喜欢这类故事。传到宋朝手上，皇帝都要看这一路书。《七修类稿》上说："小说起宋仁宗，盖太平盛久，国家闲暇，日欲进一奇怪之事以娱之，故小说'得胜头回'之后（后面有说'得胜头回'故事那时再说），话说赵宋某年。"这就是小说这类文章，已经打入官廷了。然这里小说已经不是《新唐书·艺文志》里的小说，完全是《都城纪胜》《梦粱录》上面的，"话说人分四家"这一路了。

说到这里，就是南宋（都城为杭州）元朝，这连接年间里。这南宋"说话人"好像现在唱大鼓书一样，颇为盛行。我们所认为小说，大多数是仿他们"拟话本"来的。因为就是那个时候先生教徒弟，就以他所说的"话本"相授。我们看到这"话本"有些文字颇欠功夫，就搞了个"拟话本"出来。当然我们看了"拟话本"，比"听话"所费的工夫，耗的钞财那节省得多；这就是小说兴起原因之一。

"说话人"分四家，哪四家呢？"说话人"说的，统名之为小说，小说细分为四家，我现在拟个表如下：

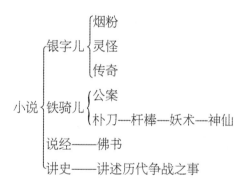

不过这个表里，也有分别的说法。就是"公案"这一路，归之于"银字儿"。"银字儿""铁骑儿"统名之为小说，余外"说经""讲史"那就不名为小说。但是这话很难说的，比如说"灵怪"，这就和"妖术"差不多，"神仙"和"说经"也极为相似，战争和"朴刀""杆棒"，也有类似之处。至于有的名为小说，有的不名小说，那更是不好强为分开。所以宋朝认为怎样好，我们就也以为怎样好吧。

"说话人"既认为"话本"为他不传的秘本，所以章回小说以倚靠"话本"为准绳。他们头里有"诗话"，有"词话"，有"得胜头回"，文里有"花开两朵，各表一枝"，有"看官"，有"欲知后事如何，且听下回分解"等等词句。这是"说话人"对"听话"人说的话。这里的"诗话""词话"，是一首诗或者一阕词，和这故事有关，拿来说一遍，然后引入正文。至于"得胜头回"，若不说出它的缘故来，就令读者莫名其妙。因为从前说书的在各处敞地说书，先把喇叭一吹，号召听众。这喇叭所吹的，曲牌子就叫"得胜令"，这里省了一个字罢了。头回，是书上的第一回。书上用了这"得胜头回"，就是说，给下面这一段书作了个引子。

我说"拟话本"的时代，这是小说第一时期，大概从唐宋时期起至明初止，这是短篇小说最流行的时期。到了元朝时间，有了《三国志平话》和《水浒传》，又到《三国演义》，这时长篇小说慢慢乎兴起了。而同时在"拟话本"里，文字上也仔细一点。这是在明季中叶，算是第二时期吧。后来《西游记》《封神榜》，一直到清朝出了《儒林外史》《红楼梦》，自明朝末年起，到清朝中叶止，这就是第三个时期，也是章回小说最活跃的时期。我们看《儒林外史》，那话多么俏皮。又看《红楼梦》，那场面多么伟大。至于"拟话本"那些短篇小说，不但是没落，简直中断了。自《红楼梦》那时起，一直到现在，至少是第四个时期了吧？若论小说的名字，那真是浩如烟海。不过论到章回小说本身，这里还没有哪一本小说，够得上和《红楼梦》《水浒传》比上一比的（我这里论章回小说，别的小说不在内）。不过文章词句里面，这又有一点变迁，好坏那另为一说，这就是用"话本"的老路子，越发地少了。

因时代的转变，章回小说受了转变的影响，也就变化起来了。不过这变的范围，似乎还很小，我们干这行的，也看到这一行没有起色，就转向别的方向去了。我们本应当变的，因为看死了不变，这就莫怪人家往另方面跑。比如说："欲知后事如何，且听下回分解。"我们看，这里有一个"听"字。我们要不是对人讲话，这"听"字就用不着。我们拿了书，让大众观看，根本上不能听呀。这本是"拟话本"的人，故意装成对大众讲话的样子的。后来作书的人，未加审察，也就这样子用着（我初年也是如此），其实，是不对的。

这就要说上这个"回"字。回，就是一章的"章"字。在小说上，有时写成"章回"两个字，也是作一回讲。这有好的例子，这里不是一段交代之后，说"且听下回分解"吗？这就是这段书完了，下一段再来分析。所以"说话人"在说书时，一回书完了，把惊木一拍，这也就是说这一回书完了。

我们现在可以谈谈宋人留下来的小说，给我们一点摸索的影子。我们现在只谈两种书，一是《大唐三藏取经诗话》，一是《武王伐纣平话》，这两种书大约都是宋朝人作的。不过此书出版，"诗话"本有"中瓦子张家印"，这是南宋杭州书店招牌，所以认为是南宋本。不过也许这个张家虽然经一度大变，说不定还依然存在，开着书店。所以"南宋本"也要加一个问号。《武王伐纣》一书，那就证明完全是元本。

这两种本子看定了何年出版，我们再看它的内容。这"诗话"本没有回目，但是有"入香山寺第四"，"经过女人国处第十"等等小题。至于"平话"本除了有诗句而外，那就一线到底，没有回目的。所以我们摸索，元末明初罗贯中撰《三国演义》开始才有目录（在前元时《三国志平话》，没有回目）。但目录开始的时候并不好，而且有一回一个回目的，像《封神榜》就是。到后来慢慢地改良，像《花月痕》它的回目，极为整齐。这在小说成为大众读物的时候，已在五百年以上了。

我们看小说，那样成为人的嗜好，明朝才有的。可是听说书，在唐朝就有了。李商隐的诗"或谑张飞胡，或笑邓艾吃"，这是一个证据。不过那时，就是听"说话人"讲故事。至于"话本"留传，在宋朝末年才有的。而且这种"话本"是极为粗糙的，经文人仔细地删改，而后才有小说可读。但那个时候，小说终为不登大雅之堂的，虽有二三部为不朽之作，究竟是太少了。直到后来，《儒林外史》《红楼梦》这些作品问世以后，仿佛开放了一点。不过经了那么多岁月，已经是太长而又太长。而且那反动政府像以往那些政府一样，一般对这章回小说不屑一看。我们稍微有点希望，还是民间爱好。我们幸得这民间爱好，才有我们这班人弄章回小说，就这样勉强过了几十年。

现在好了，在共产党领导之下，非常重视文艺工作。对我们这班作章回小说的人，给我们许多便利与照顾。就我私人说，党对我的创作以至个人的生活都无不关怀备至。因此，我希望章回小说家努力创造，能够多写几本大家爱看的书。

最后，关于章回小说，我还想说以下几点：

第一，这章回小说，大部分是"拟话本"的，我们首先要研究它的优点与缺点。第二，它的优点，大部分是这样，如说话好，故事非常丰富，结构也很紧密，最好的是一线到底。第三，人物动作似乎太少了。"小动作"更少。至于写景，也少得可怜。第四，关于分回，那当然不动为是。可是它那些套语，像"各表一枝""且听下回分解""有话即长"等等无关重要的句子，可以去掉。第五，如"得胜头回"等类，无论是短篇或长篇，可以不要。第六，关于回目，还是要的好，它能够吸引观众从何处注意，既然是要，做得工整一点好些。我想到这些，当然还有。至于要写或不当写，我这里听大家的意见。

（原载 1957 年 10 月号《北京文艺》）

从自己的著作谈起

一九五六年的国庆，我曾经写过一篇文字，现在一九五七年的国庆又来了，我写什么呢？当然，这一年内，钢铁、运输、铁路、矿产等建设都有着惊人的发展。但是我不写它，我想从一个最低的自己的角度上写，我是一个从事文艺工作的人，自觉创造得不够，真是对不起读者的盼望。不过虽是一个不成熟的作家，各方面依然在督促我写稿。这一方面感到自己惭愧，另一方面又觉得中国文化发展得有令人不可信的程度。

我们先说一个出版已久的《啼笑因缘》吧。这书从我们知道的算起，出版也有三十次。自然，有些地方私自翻版的还不算在内。那个时候，重版的书印数少得可怜，每次约自三千部到一万部，所以大约也有十几万部。现在看起来，当然是很少的。可是那时为旧政府统治下的地域，这销数已属难能了。可

144

是现在怎么样？就是翻版两次，已经达到以往三十次出版数的水平。我们要知道，这书已出版三十年，虽然有点回忆，可是根本不足道的。有这样的销数，这是现在政府把文化水准一年比一年提高的结果。我敢大胆说一句：这是以往的旧政府统治下做梦也想不到的事情。

还有一部书，叫《魑魅世界》，原来叫《牛马走》，是中国抵抗日本军阀，在重庆《新民报》披露的一本，约有五十余万言，这在从前没有资本出这样的书。现在由《大公报》先披露大部分，后由上海文化出版社出版，到今不到几个月工夫，就重印一版了。还有一部叫《五子登科》，也是在文化出版社印的。这书是写当年国民党的事，是派专人到北京来接收屋子、金子、车子等等。这书也快出了，若是这书送在国民党手上，当然没有出版的希望了。

这都是写解放以前的书。现在陆续付排的书，北京出版社共有三部，一为《孟姜女》，二为《孔雀东南飞》，三为《磨镜记》。关于这三部书，《孟姜女》虽然各地都有传说，而且传说大致相同，可是没有一本真正的小说。其次为《孔雀东南飞》，这是一首古诗，各种戏早已就有了，可是照诗的境地演为一本小说，也似乎没有。这书中小说人物，出在笔者的家乡（安徽潜山县），所以笔者对书中的人物背景比较地熟习。去年曾在上海《新闻日报》披露，今年就交北京出版社出版。

最后说到《磨镜记》，这就是福建戏（如今各处戏都有）叫作《陈三五娘》。

我也有两部新书，一是《翠翠》，这是个中篇，约五万字上下。是《剪灯新话》有这么点影子，后来《拍案惊奇》里把这文重编了一番。但这是个悲剧，很少英雄人物。我把它编成喜剧，写了几个人物有英雄气概，大概约十月尾可以交卷了。二是《记者外传》，这有五十万言以上的长篇，每回约有一万字，约有四集。现在第一集快要交卷了。这本《记者外传》是描写我从来北京时候起，到我第一次离开北京为止的亲身经历过的记者生活。上海《新闻日报》和其他报社记者来北京和我谈起时说，都很赞成，并争预定稿。这本书将交《新闻日报》发表，然后由通俗出版社出版。

本来这里既担任一个长篇，又担任一个中篇，我自己审查自己的能力，半年的工夫恐怕有点不够。虽然在审查之后又加以审查，最后又尽力之所能，复加以审查，但是我的能力究竟有限。所以在自己审阅一过，拟还请我的朋友看看，有何处不好，再加以删改。我们在国庆这一天看见我们的国家，这样事事物物都在一日比一日进步勃兴，是多么令人鼓舞、兴奋。

（原载《山窗小品及其他》，香港通俗文艺出版社1975 年 6 月版）

关于读小说

如今是新年了。有的放两天假，掩上门来伏在案头读小说。有的在旅行中，在车上，在船上，以及在旅馆中，找着一个安适的地方读小说。有的本来喜欢读小说，在这假期中越发地去读小说。小说这样引起人的爱读，究竟这里面有益处或者有毒处呢？我斗胆答复一句：这要看你找什么小说读。好的小说很多可以帮助你增长知识，开拓思路，这都是有益的，可是你若不去选择，只要是小说拿起就读，这里很可能有些黄色故事，读了我们不但没有好处，很多地方诲淫诲盗，那是有害的。尤其一般青年，不可读这类小说。

宋朝有一种卖"说话"的人，为了教授徒弟或者自己怕忘了，就编一个本子，给自己查看，这个本子就叫作"话本"。话本的出现就是中国小说的一个重要的发展。卖"说话"的人在哪个地方卖呢？都是在空地里的。既是在空地里，又怕别人不知道，就用乐器奏一个《得胜令》。奏完了之后，人家知道是卖"说话"的，就从四方来听他的"说话"。卖"说话"的就在这"说话"之前，讲上一段小故事，以作引子，这就叫

"得胜头回"。"得胜"是把"令"字缩掉了,"头回"是头一回了。在这引子里头,"说话"的总要批上几句,对这故事里的事或褒或贬,做一个公平人。"话本"如此,"拟话本"不但如此,还在批评里头多加上一点。可见当时作小说的是要劝人往有益的方面走了。

有人就问:这"得胜头回"何以后来没有了呢?难道有益有害后来就不问了吗?我说:不是的。这是由于小说的写作技巧进步,用不着这"得胜头回"了。例如中国最有名的长篇小说《红楼梦》同《儒林外史》等几部书,读过的人当不难看出大家庭腐败,婚姻压迫,以及官僚肮脏的是非,用不着在书前面再说他几句。读《儒林外史》等书的人如果读完笑一笑就算了,这还不一定是会读小说的,必要心里明白了作者的主要意思,这才是善于读小说的。

小说还有个时间问题,不可不知道。《儒林外史》本来明明要说清朝的事情,但作者故意一隐,就说明朝的事情。在清朝的人读它,明明被它挖苦一顿,却是不好如何,因为它扯上明代了。现在清朝也过去了,但是书中描写那些文人腐败还是活灵活现在我们面前。所以这里可分两部分读:他说的衣冠住室这完全过去了,我们无从捉摸,就是捉摸得到也少有用处。至于他写的人,声音笑貌,那完全没有变动,我们就完全赏识这一点。因此我们看小说,要分别这里面的年代。可以移动的外表，过去算它过去了，至于不移动的内容只要写得好，我们要尽量鉴赏它，这才是善读小说的人呵！

这里又有问题了。《红楼梦》写的宝玉黛玉虽有爱情却不能配合婚姻，两人都饮恨千古。这样的事现在少了，将来可能没有。但是前四五十年，几乎青年男女都会碰到这样的事。所以《红楼梦》一书当时青年男女最爱读。我们生在现时代，要读古典文学的书，就得先明白古今风俗有所不同。

再顺便谈到我自己。我写的小说，已出版的大约有六十部。照说也就不算少了，但是我自己鉴定，可读的真是太少。不过我作小说虽然信笔所之，这内里多少有一点风俗及各种习惯吧？因此，就风俗习惯上说可以翻翻罢了。大概我写小说可以分三个时代，第一是我出版《春明外史》《金粉世家》等小说的时代。第二是国难严重，我作《疯狂》、《魍魉世界》(原名是《牛马走》) 的时代。第三就是现在。我自己知道所学的太不够了，要多读，多看，多跑。虽然我的年纪也不算小了，但是现在人寿长了，活个八十九十，那真算不得一回事。所以我愿多接触一点，多见识一点，这于作小说上有很大的帮助的。

各位不爱看小说，那就罢了。若是爱看小说，又不经意地碰上了我所作的一部，那就奉劝各位，先把年代翻上一翻，看是何年作的。当然，我自己就"有则改之，无则加勉"了。

比我作小说还早一点，上海出了黄色小说，报章杂志大登而特登。至于内容说些什么？我不愿说它，反正两条路，一是诲淫，二是诲盗。上海一兴，全国就跟着来。由于看了这项小说，有十几岁的小子学会了偷盗，还有到峨眉山去寻师的。至于诲淫，我不说诸位也明白的。这种风气，闹了二三十年光景，现在国内已经没有了。可是据朋友说，国外还有。朋友，这般小说千万看不得。要看了的话，小则丧失志气，大则无所不为。只要没人看，这些黄色刊物，自然慢慢就淘汰了。

小说的力量是不小的。清朝进关，多少得力于《三国演义》。当时带兵的人多有一部《三国演义》，当作兵书。他们最所崇拜的，就是书里的关羽。羽字还不能提，称关羽作关公。这样皇帝既供奉，老百姓也跟着供奉。所以在清朝统治之下，无论什么地方都有关羽庙，这庙呵大则高殿崇楼，小则一个人也不能站立。这为着什么？不就为的受了《三国演义》的影响吗？所以小说你别小看它！你要看小说，就要善于选择。

（原载《山窗小品及其他》，香港通俗文艺出版社1975年6月版）

第三辑

序跋集

《春明外史》后序

　　渐之意义大矣哉！从来防患者杜于渐，创业者起于渐，渐者，人生所必注意之一事乎？吾何以知之？吾尝来往扬子江口，观于崇明岛有以发其省也。舟出扬子江，至吴淞已与黄海相接，碧天隐隐中，有绿岸一线，横于江口者，是为崇明岛。岛长百五十里，宽三十里，人民城市，田园禽兽，其上无不具有，俨然一世外桃源也。然千百年前，初无此岛。盖江水挟泥沙以俱下，偶有所阻，积而为滩，滩能不为风水卷去，则日积月聚，一变为洲渚，再变为岛屿，降而至于今日，遂有此人民城市，田园禽兽，卓然江苏一大县治矣。夫泥沙之在江中，与水混合，奔流而下，其体积之细，目不能视，犹细于芥子十百倍也。乃时时积之，日日积之，以至月月年年积之，居然于浩浩荡荡，波浪滔天之江海交合处，成此大岛。是则渐之为功，真可惊可喜可惧之至矣。于此，乃可以论予之作《春明外史》矣。予之为此书也，初非有意问世，顾事业逼迫之，友朋敦促之，乃日为数百言，发表于《世界晚报》之《夜光》。自十三年以至于今日，除一集结束间，停顿经月外，余则非万不得已，或有要务之羁绊，与夫愁病之延搁，未尝一日而辍笔不书。盖以数百言，书之甚便，初不以为苦也。乃日日积之，月月积之，浸假得十万言，成若干回矣。浸假得二十六万言，成第一集矣。浸假得六十万言，成第二集矣。而吾每于残星满天，老屋纸窗之下，犹夕夕为第三集也，今亦成书六回矣，合之可得七八十万言也。今率尔命人曰：尔须为文八十万言，未有不惊其负任之重且大者。然予卒优为之，盖成于渐而不觉也。古人有惜寸阴者，有惜分阴者，良有以欤？因予之书之成于渐也，或曰：其书系信手拈来，凑杂成篇。或曰：不然。譬诸画山水，先有大意，然后兴到一挥，合之自然成章。予曰：唯唯否否。谓毫无布置，日日为之，各不相顾，则此七八十万言，将成何话说？谓固有规矩，按意命文，然为文如掷骰赶盆，一时有一时之兴致，即一时有一时之手法，为文且千余日，谓仍不失初意，又欺人之谈也。夫江中之泥沙，渐渐成岛，未必不改原来之形势，而其卒能成岛则一也。又奚问焉？然此实非予所计及。予书既成，凡予同世之人，得读予书而悦之，无论识与不识，皆引予为友，予已慰矣。即予身死之后，予墓木已拱，予骸骼已泥，而予之书，或幸而不亡，乃更令后世之人，取予书读而悦之，进而友此陈死人，则以百年以上之我，与百年以下之诸男女老少，得而为友，不亦人生大快之事耶？其他又奚问焉？人生至暂，渐渐焉而壮，渐渐焉而老，渐渐焉而死而朽，不有以慰之，则良辰美景，明窗净几，都负之于渐渐之中，不亦大可惜哉？悟此者，乃《春明外史》之友也，亦予之友也。民国十六年十二月十七日，彤云覆树，雪意满天。书于老屋纸窗，青炉红火之畔。张恨水序。

（原载上海世界书局 1928 年版《春明外史》）

《金粉世家》自序

嗟夫！人生宇宙间，岂非一玄妙不可捉摸之悲剧乎？吾有家人相与终日饮食团聚，至乐也。然而今日饮食团聚，明日而仍饮食团聚否？未可卜也。吾有吾身，今日品茗吟诗，微醺登榻，至逸也。然则今日如此，明日仍如此否？又未可知也。最亲近者莫如家人，最能自主者莫如吾身，而吾家吾身，吾终莫能操其聚散生死之权。然而茫茫宇宙间，果何物尚能为吾有耶？吾自有知识以来，而读书，而就职业，而娶妻，而立家庭，劳矣！而劳之结果，仅仅能顾今日，且仅仅能顾今日之目前。可痛已！何以言之？请以事为证。吾闻某小说家，操笔为文，不及半页之纸，伏案而卒，其死已速矣。又闻某逸老夫人作雀牌之戏，将成巨和，喜色溢于面，同座一中风出，为上家

155

拦而和之，某夫人一恣而绝，其死又更速也。某小说家于其所写最后一页稿之先，安知其不终篇耶？某夫人于中风刚出，上家尚未拦和之一刹那，又安知其生命即毕于是耶？嗟夫！人生如此，岂非玄妙不可捉摸之一悲剧乎？此事吾早知之，吾乃不敢少想，少想则吾将片刻不得宁息，惟惴惴然惧死神之傍吾左右而已。何以忘之？作庄子达观而已矣。此古人所谓不做无益之事，曷遣有涯之生者也。

吾之作《金粉世家》也，初尝作此想，以为吾作小说，何如使人愿看吾书？继而更进一步思之，何如使人读吾之小说而有益？至今思之，此又何必？读者诸公，于其工作完毕，茶余酒后，或甚感无聊，或偶然兴至，略取一读，藉消磨其片刻之时光。而吾书所言，或又不至于陷读者于不义，是亦足矣。主义非吾所敢谈也，文章亦非吾所敢谈也，吾作小说，令人读之而不否认其为小说，便已毕其使命矣。今有人责吾浅陋，吾即乐认为浅陋，今有人责吾无聊，吾即乐认为无聊。盖小说为通俗文字，把笔为此，即不免浅陋与无聊；华国文章，深山名著，此别有人在，非吾所敢知也。明夫此，《金粉世家》之有无其事？《金粉世家》之是何命意？都可不问矣。有人曰：此颇似取径《红楼梦》，可曰新红楼梦。吾曰：唯唯。又有人曰：此颇似融合近代无数朱门状况，而为之缩写一照。吾又曰：唯唯。仁者见仁，智者见智，孰能必其一律？听之而已，吾又何必辩哉?

此书凡八十万言,吾每日书五六百言,起端以至于终篇,约可六年。吾初作是书时,大女慰儿,方牙牙学语,继而能行矣,能无不能语矣,能上学矣,上学且二年矣,而吾书乃毕。此不但书中人应有其悲欢离合,吾作书毕,且不禁喟然曰:树犹如此也。然而吾书作尾声之时,吾幼女康儿方夭亡,悲未能自已,不觉随笔插入文中,自以为足纪念吾儿也,乃不及二十日,而长女慰儿,亦随其妹于地下。吾作尾声之时,自觉悲痛,不料作序文之时,又更悲痛也。今慰儿亦夭亡十余日矣,料此书出版,儿墓草深当尺许也。当吾日日写《金粉世家》,慰儿至案前索果饵钱时,常窃视曰:"勿扰父,父方作《金粉世家》也。"今吾作序,同此明窗,同此书案,掉首而顾,吾儿何在? 嗟夫! 人生事之不可捉摸,大抵如是也。忆吾十六七岁时,读名人书,深慕徐霞客之为人,誓游名山大川。至二十五六岁时,酷好词章,便又欲读书种菜,但得富如袁枚之筑园小仓,或贫如陶潜之门种五柳。至三十岁以来,则饱受社会人士之教训,但愿一杖一盂,做一游方和尚而已。顾有时儿女情重,辄又忘之。今吾儿死,吾深感人生不过如是,富贵何为? 名利何为? 做和尚之念,又滋深也。此以吾思想而作小说,所以然,《金粉世家》之如此开篇,如此终场者矣。

夫此书亦覆瓿之物而已,然若干年月,或尚有存者,于其时读者取而读之，索吾于深林古庙间乎？索吾于名山大川间乎？仍索吾于明窗净几间乎？甚至索吾于荒烟蔓草间乎？人生无常，吾何能知也？书犹如是，序文犹如是，人之将来，不可测矣。此一点感慨，扩而充之，《金粉世家》之起讫，易于下笔者也。语曰："读其书，不知其人可乎？"小说虽小道，例不外此也。求读者知吾，即求读者之知《金粉世家》耳。此又吾为《金粉世家》序，只述吾之片段感想者矣。凡百君子，匡而进之，吾固乐于拜而受之。或言于小说以外，则不敢知也。书至此，烈日当空，槐荫满地，永巷中卖蒸糕者方吆唤而过，正吾儿昔日于书案前索果饵钱下学时也。同此午日，同此槐荫，同此书案，同此卖蒸糕者吆唤声，而为日无多，吾儿永不现其声音笑貌矣。嗟夫！人生宇宙间，岂非一玄妙不可捉摸之悲剧乎？

1932 年 6 月 18 日张恨水序于北平

（原载上海世界书局 1933 年 2 月版《金粉世家》）

《啼笑因缘》作者自序

那是民国十八年，旧京五月的天气。阳光虽然抹上一层淡云，风吹到人身上，并不觉得怎样凉。中山公园的丁香花、牡丹花、芍药花都开过去了；然而绿树荫中，零碎摆下些千叶石榴的盆景，猩红点点，在绿油油的叶子上正初生出来，分外觉得娇艳。水池子里的荷叶，不过碗口那样大小，约有一二十片，在鱼鳞般的浪纹上飘荡着。水边那些杨柳，拖着丈来长的绿穗子，和水里的影子对拂着。那绿树里有几间红色的屋子，不就是水榭后的"四宜轩"吗？在小山下隔岸望着，真个是一幅工笔图画啊！

这天，我换了一套灰色哔叽的便服，身上轻爽极了。袋里揣了一本袖珍日记本，穿过"四宜轩"，渡过石桥，直上小山来。在那一列土山之间，有一所茅草亭子，亭内并有一副石桌椅，正好休息。我便靠了石桌，坐在石墩上。这里是僻静之处，没什么人来往，由我慢慢地鉴赏着这一幅工笔的图画。虽然，我的目的，不在那石榴花上，不在荷钱上，也不在杨柳楼台一切景致上；我只要借这些外物，鼓动我的情绪。我趁着兴致很好的时候，脑筋里构出一种悲欢离合的幻影来。这些幻影，我不愿它立刻即逝，一想出来之后，马上掏出日记本子，用铅笔草草地录出大意了。这些幻影是什么？不瞒诸位说，就是诸位现在所读的《啼笑因缘》了。

当我脑筋里造出这幻影之后，真个像银幕上的电影，一幕一幕，不断地涌出。我也记得很高兴，铅笔瑟瑟有声，只管在日记本子上画着。偶然一抬头，倒几乎打断我的文思。原来小山之上，有几个妙龄女郎，正伏在一块大石上，也看了我喁喁私语。她们的意思，以为这个人发了什么疯，一人躲在这里埋头大写。我心想：流水高山，这正也是知己了，不知道她们可明白我是在为小说布局。我正这样想着，立刻第二个感觉告诉我，文思如放焰火一般——放过去了，回不转来的，不可间断。因此我立刻将那些女郎置之不理，又大书特书起来。我一口气写完，女郎们不见了，只对面柳树中，啪的一声，飞出一只喜鹊震破了这小山边的沉寂。直到于今，这一点印象，还留在我脑筋里。

这一部《啼笑因缘》，就是这样产生出来的。我自己也不知道我是否有什么用意，更不知道我这样写出，是否有些道理。总之，不过捉住了我那日那地一个幻想写出来罢了。——这是我赤裸裸地能告诉读者的。在我未有这个幻想之先，本来由钱芥尘先生，介绍我和《新闻报》的严独鹤先生，在中山公园"来今雨轩"欢迎上海新闻记者东北视察团的席上认识。而严先生知道我在北方，常涂鸦些小说，叫我和《新闻报·快活林》也作一篇。我是以卖文糊口的人，当然很高兴地答应。只是答应之后，并不曾预定如何着笔。直到这天在那茅亭上布局，才有了这部《啼笑因缘》的影子。

说到这里，我有两句赘词，可以附述一下，有人说小说是"创造人生"，又有人说小说是"叙述人生"。偏于前者，要写些超人的事情；偏于后者，只要是写着宇宙间之一些人物罢了。然而我觉得这是纯文艺的小说，像我这个读书不多的人，万万不敢高攀的。我既是以卖文为业，对于自己的职业，固然不能不努力；然而我也万万不能忘了作小说是我一种职业。在职业上作文，我怎敢有一丝一毫自许的意思呢？当《啼笑因缘》逐日在《快活林》发表的时候，文坛上诸子，加以纠正的固多；而极力谬奖的，也实在不少。这样一来，使我加倍地惭愧了。

《啼笑因缘》将印单行本之日，我到了南京，独鹤先生大喜，写了信和我要一篇序，这事是义不容辞的。然而我作书的动机如此，要我写些什么呢？我正踌躇着，同寓的钱芥尘先生、舒舍予先生就鼓动我作篇白话序，以为必能写得切实些。老实说，白话序平生还不曾作过，我就勉从二公之言，试上一试。因为作白话序，我也不去故弄什么狡狯伎俩，就老老实实地把作书经过说出来。

这部小说在上海发表以后，使我多认识了许多好朋友，这真是我生平一件可喜的事。我七八年没有回南；回南之时，正值这部小说出版，我更可喜了。所以这部书，虽然卑之无甚高论，或者也许我说"敝帚自珍"，到了明年石榴花开的时候，我一定拿着《啼笑因缘》全书，坐在中山公园茅亭上，去举行二周年纪念。那个时候，杨柳、荷钱、池塘、水榭，大概一切

161

依然；但是当年的女郎，当年的喜鹊，万万不可遇了。人生的幻想，可以构成一部假事实的小说；然而人生的实境，倒真有些像幻影哩！写到这里，我自己也觉得有些"啼笑皆非"了。

（原载 1930 年 12 月上海三友书社版《啼笑因缘》）

作完《啼笑因缘》后的说话

对读者一个总答复

在《啼笑因缘》作完以后，除了作一篇序而外，我以为可以不必作关于此书的文字了。不料承读者的推爱，对于书中的情节，还不断地写信到"新闻报馆"去问。尤其是对于书中主人翁的收场，嫌其不圆满，甚至还有要求我作续集的。这种信札，据独鹤先生告诉我，每日收到很多，一一答复，势所难办，就叫我在本书后面做一个总答复。一来呢，感谢诸公的盛意；二来呢，也发表我一点意见。

凡是一种小说的构成，除了命意和修辞而外，关于叙事，有三个写法：一是渲染，二是穿插，三是剪裁。什么是渲染，我们举个例，《水浒》"武松打虎"一段，先写许多"酒"字，那便是武松本有神勇，写他喝得醉到恁地，似乎是不行了，而偏能打死一只虎，他的武力更可知了。这种写法，完全是"无中生有"，许多枯燥的事，都靠着它热闹起来。什么是穿插，一部小说，不能写一件事，要写许多事。这许多事，若是写完了一件，再写一件，时间空间，都要混乱，而且文字不容易贯穿。所以《水浒》"月夜走刘唐"，顺插上了"宋公明杀阎惜姣"那一大段；"三打祝家庄"又倒插上"顾大嫂劫狱"那一小段。什么叫剪裁，譬如一匹料子，拿来做衣，不能整匹地做上。有多数要的，也有少数不要的，然后衣服成功。——小说取材也是这样。史家作文章，照说是不许"偷工减料"的了；然而我们看《史记》第一篇《项羽本纪》，写得他成了一个慷慨悲歌的好男子，也不过"鸿门""垓下"几大段加倍地出力写。至于他带多少兵，打过多少仗，许多许多起居，都抹杀了。我们岂能说项羽除了《本纪》所叙而外，他就无事可纪吗？这就是因为不需要，把他剪了。也就是在渲染的反面，删有为无了。再举《水浒》一个例，史进别鲁达而后，在少华山落草，以至被捉入狱，都未经细表。——我的笔很笨，当然做不到上述三点，但是作《啼笑因缘》的时候，当然是极力向着这条路上走。

明乎此，读者可以知道本书何处是学渲染，何处是学穿插，何处是学剪裁了。据大家函询，大概剪裁一方面，最容易引起误会；其实仔细一想，就明白了。譬如樊家树的叔叔，只是开首偶伏一笔，直到最后才用着他。这在我就因为以前无叙他叔叔之必要；到了后来，何丽娜有"追津"的一段渲染，自然要写上他。不然，就不必有那伏笔了。又如关氏父女，未写与何丽娜会面，却把樊家树引到西山去，然后才大家相聚。有些人，他就疑惑了：关、何是怎么会晤的呢？诸公当还记得，家树曾介绍秀姑与何小姐在中央公园会面，她们自然是熟人；而且秀姑曾在何家楼上，指给家树看，她家就住在窗外一幢茅屋内。请想，关、何之会面，岂不是很久？当然可以简而不书了。类此者，大概还有许多，也不必细说了。我想读者都是聪明人，若将本书再细读一遍，一定恍然大悟。

又次，可以说上结局了。全书的结局，我觉得用笔急促一点。但是事前，我曾费了一点考量：若是稍长，一定会把当剪的都写出来，拖泥带水，空气不能紧张。末尾一不紧张，全书精神尽失了。就人而论，樊家树无非找个对手，这倒无所谓。至于凤喜，可以把她写死了干净；然而她不过是一个绝顶聪明而又意志薄弱的女子，何必置之死地而后快！可是要把她写得和樊家树坠欢重拾，我作书的，又未免"教人以偷"了。总之，她有了这样的打击，疯魔是免不了的。问疯了还好不好？似乎问出了本题以外。可是我也不妨由我暗示中给读者一点明示：她的母亲，不是明明白白表示无希望了吗？凤喜不见家树是疯，见了家树是更疯！——我真也不忍向下写了。其次，便是秀姑。我在写秀姑出场之先，我不打算将她配于任何人的。她父女此一去，当然是神龙不见尾。问她何往，只好说句唐诗"只在此山中，云深不知处"了。最后，谈到何丽娜。起初，我只写她是凤喜的一个反面。后来我觉得这种热恋的女子，太合于现代青年的胃口了，又用力地写上一段，于是引起了读者的共鸣。一部分人主张樊、何结婚，我以为不然：女子对男子之爱，第一个条件，是要忠实。只要心里对她忠实，表面鲁钝也罢，表面油滑也罢，她就爱了。何女士之爱樊家树，便是捉住了这一点。可是樊家树呢，他是不喜欢过于活泼的女子，尤其是奢侈。所以不能认为他怎样爱何丽娜。在不大爱之中，又引他不能忘怀的，就是以下两点：一、何丽娜的面孔，像他心爱之人。二、何丽娜太听他的话了。其初，他别有所爱。当然不会要何小姐；现在，走的走了，疯的疯了，只有何小姐是对象，而且何小姐是那样的热恋，一个老实人，怎样可以摆脱得开！但是，老实人的心，也不容易转移的。在西山别墅相会的那一晚，那还是他们相爱的初程，后事如何，正不必定哩。

结果，是如此的了。总之，我不能像作《十美图》似的，把三个女子，一齐嫁给姓樊的；可是我也不愿择一嫁给姓樊的。因为那样，便平庸极了。看过之后，读者除了为其余二人叹口气而外，绝不再念到书中人的——那有什么意思呢？宇宙就是缺憾的，留些缺憾，才令人过后思量，如嚼橄榄一样，津津有味。若必写到末了，大热闹一阵，如肥鸡大肉，吃完了也就完了，恐怕那味儿，不及这样有余不尽的橄榄滋味好尝吧！

不久，我再要写一部，在炮火之下的热恋，仍在《快活林》发表。或者，略带一点圆场的意味，还是到那时再请教吧。

是否要做续集——对读者打破一个哑谜

由《新闻报》转来读者诸君给我的信，知道有一部分人主张我作《啼笑因缘》续集，我感谢诸公推爱之余，却有点下情相告。凡是一种作品，无论剧本或小说，以至散文，都有适可而止的地位，不能乱续的。古人游山，主张不要完全玩通，剩个十之二三不玩，以便留些余想，便是这个意思。所以近来很有人主张吃饭只要八成饱的。回转来，我们再谈一谈小说。小说虽小道，但也自有其规矩：不是一定"不团圆主义"，也不是一定"团圆主义"。不信，你看，比较令人咀嚼不尽的，是团圆的呢，是不团圆的呢？如《三国演义》，几个读者心目中的人物，关羽、张飞、孔明结果如何？反过来，读者极不愿意的人，如曹家、司马家，都贵为天子了。假若罗贯中把历史不要，一一反写过来，请问滋味如何？这还算是限于事实，无可伪造。我们又不妨再看《红楼梦》，它的结局惨极了，是极端"不团圆主义"的。后来有些人"见义勇为",什么《重梦》《后梦》《复梦》《圆梦》,共有十余种,乱续一顿。然而到今日,大家是愿意团圆的呢,或是不团圆的呢?《啼笑因缘》万比不上古人。古人之书,尚不可续,何况区区!

再比方说两段:第一是《西厢》曲本,到"草桥惊梦"为止,不但事未完,文也似乎未完。可是他不愿把一个"始乱终弃"的意思表示出来,让大家去想吧。及后面加上了四折,虽然有关汉卿那种手笔,依然免不了后人的咒诅呢!我们再看看《鲁滨孙漂流记》,著者作了前集,震动一世。离开荒岛,也就算了。他因为应了多数读者的要求,又重来一个续集。而下笔的时候,又苦于事实不够,就胡乱凑合起来,结果是续集相形见绌;甚至有人疑惑前集不是原人作的。书之不可乱续也如此!《啼笑因缘》自然是极幼稚的作品,但是既承读者推爱,当然不愿它自我成之,自我毁之。若把一个幼稚的东西再幼稚起来,恐怕这也有负读者之爱了。所以归结一句话:我是不能续,不必续,也不敢续。

几个重要问题的解答

由《新闻报》转来的消息,我知道有许多读者先生打听《啼笑因缘》主人翁的下落。其实,这是仁者见仁,智者见智,用不着打听的。好在这件事,随便说说,也不关于书的艺术方面，兹简单奉答如下：

一、关秀姑的下落，是从此隐去。倘若你愿意她再回来的话，随便想她何时回来都可。但是千万莫玷污了侠女的清白。

二、沈凤喜的下落，是病无起色。我不写到如何无起色，是免得诸公下泪。一笑。

三、何丽娜的下落，去者去了，病者病了，家树的对手只有她了。你猜，应该怎样往下做呢？诸公如真多情，不妨跳到书里做个陶伯和第二，给他们撮合一番吧。

四、何丽娜口说出洋，而在西山出现，情理正合。小孩儿捉迷藏，乙儿说："躲好了没有？"甲儿在桌下说："我躲好了。"这岂不糟糕？何小姐言远而近，那正是她不肯做甲儿。

五、关、何会面，因为她们是邻居，而且在公园已认识的了。关氏父女原欲将沈、何均与樊言归于好，所以寿峰说："两分心力，只尽了一分。"又秀姑明明说："家住在山下。"关于这一层，本不必要写明，一望而知。然而既有读者诸君来问，我已在单行本里补上一段了。

（载于上海三友书社1930年12月初版《啼笑因缘》）

168

《春明新史》自序

予作《春明外史》将毕，钱芥尘先生适创《新民晚报》于沈阳，遂以逐日发表之小说相嘱，且代为定题曰《春明新史》。予笑曰：先生之命固不敢违，而《新史》则仆又无可着笔。可奈何？盖《外史》主人杨杏园，将行了结其浮生之梦，世无续命汤，仆不能作返魂记也。芥尘先生曰：子毋然，既曰新，自非续。既非续，又何妨另起炉灶乎？子且思之。予细味芥尘先生之言，恍然有得，遂如填曲家之谱尾声，而果以《新史》刊《新民晚报》。尾声者，词家曰：辞以媚之也。《外史》如春日，此则如天末斜阳；《外史》如歌曲，此则如弦外余音；《外史》如全本故事，此则一幕喜剧。《新史》原不必与《外史》有关，然实如诗家之斗韵，前意未尽，更作一首，又不尽与前无关也。书刊《新晚》荏苒二年，芥尘先生南旋，赵雨时先生继而主持是报，更发挥而光大之，予亦借附骥尾，更多与读者结文字之缘。文实不佳，其遭逢时会，则可喜也。今夏书刊毕，雨时先生以发单行本函商。予欣与读者能做较久之默契也，亦自妄其陋，遂穷三日夜之力，检点全篇，删润而后付梓。此生文

169

债之一，算又告一段矣。

1930 年 11 月 10 日张恨水序于北平

（原载辽宁《新民晚报》社 1932 年初版《春明新史》）

《满江红》自序

《满江红》何为而作也？为艺术家悲愤无所依托而作也。韩愈有言：文以穷而后工，扩而充之，以言于艺术界，又何莫不尔？盖身怀一艺者，衣食以迫之，社会以刺之，血气以激之，日积而月累焉。固不自知其为何而工也。虽然，穷而工，为情理之所许，工而仍穷，则情理之所不通。而衡之事实，以文艺名世，绰然而无物质上之困苦与精神上之烦恼者，又千百而不得一二焉，于是迫之、刺之、激之者，亦弥觉其利锐。物不得其平则鸣，世之艺术家，而贫，而病，而卒至佯狂玩世，为社会疾病而无所树立，岂无故哉？此艺术界之所以多穷人也，亦艺术界之所以多异人也，亦即穷人异人之多奇遇也。

夫同手足耳目鼻口焉，同此思想焉，同此衣食读书焉，然而以言习吏治，则荣高官，受重禄，威福如天者有人矣。以言习经济，则拥金山，居大厦，心广体胖者有人矣。而以言习文艺，则终其身能泰然运其耳目口鼻手足与思想者，即为幸运之儿，不亦不平之甚耶？而习文艺者，依然前仆后继以赴之，不少辍焉，是又何哉？意者，殆为求精神安慰之一点而已乎？

夫既为精神安慰之一点而已。而此一点，果何所寄托？于是有寄托于山水者，有寄托于花月者，有寄托于诗酒者，有寄托于男女爱情者，其结果所至，若为侠客，若为高僧，若为隐士，若为风流情侣，又各异矣。以言品级，侠士为上，高僧隐士次之，风流情侣，斯下矣。而吾书数艺术家，皆取法乎下者也，不亦悲乎？吾不能使之取法乎上，亦不能禁之取法乎下，则亦书之，述之，与社会中人共掬一把同情之泪而已。

中华民国二十年十一月八日，小住北平西郊温泉，夜幕高张，繁星满天，疏林落叶，瑟瑟有声；闲步池畔，则见妙峰山，星隐沉沉，微露星下，大野如墨，时有犬吠。十年来所未见之乡井夜景，恍然如梦，有不胜感触者。继而念《满江红》一书，于焉将毕，而明星影片公司，今日又适来摄吾另一说部《落霞孤鹜》之一幕，盖是书固以温泉收场也。是亦足纪念之矣。于是亟入户掩扉，疾书于一双白烛之下。

张恨水序

（原载 1932 年 9 月上海世界书局版《满江红》）

171

《水浒新传》新序

作《水浒新传》的用意，以及下笔的手法，在原序和凡例里，我已经有交代了。但作这部书的起因和经过，我还得另有所声明。

我自民国十九年起，就给上海《新闻报》写长篇小说。抗战以后，因为交通的阻隔和我自己生活的变化，中断了一年多。而且那时上海成了孤岛，《新闻报》虽是挂了美国国旗，但主持报务的人，非常谨慎，关乎时代性的小说，很难在报上发表，所以我也无心继续写下去。后来《新闻报》同人，再三地函商，表示略有抗战意思而不明白表示出来的，总可以登。于是在民国二十八年我就写了一篇《秦淮世家》，讽刺南京汉奸；但以用笔隐晦，不能畅所欲言。我感到要在上海发表小说，又非谈抗战不可，倒是相当困难。到了二十九年，我就改变办法，打算写一本历史小说；而在这本历史小说里，我要充分地描写异族欺凌和中国男儿抗战的意见。这样对于上海读者，也许略有影响，并且可以逃避敌伪的麻烦。

考量的结果，觉得北宋末年的情形，最合乎选用。其初，我想选岳飞、韩世忠两个作为主角，作一部长篇，却以手边缺乏参考书，而又以《说岳》一书在前，又重复而不易讨好，未敢下笔。后来将两本《宋史》胡乱翻了一翻，翻到《张叔夜传》，灵机一动，觉得大可利用此人做线索，将梁山一百八人参与勤王之战来做结束。宋江是张叔夜部下，随张抗战，在逻辑上也很讲得通。《水浒传》又是深入民间的文学作品，描写宋江抗战，既可引起读者的兴趣，而现成的故事，也不怕敌伪向报馆挑眼。这个主意决定了，我就写信向《新闻报》编辑人商量。他们正有欲言不敢的痛苦，对我这种写法非常满意，复信促我快写快寄。不久，我就在重庆开始写《水浒新传》了。

　　也许上海的读者，对我特别有好感。也许这《水浒新传》，能够略解上海人的苦闷。当这篇小说在《新闻报》发表之后，很引起读者的注意。竟有人为了书上极小的问题，写航空信到重庆来和我讨论。这样，颇给予我不少的鼓励，我就陆续地写下去。直到三十年年底，上海全境沦于敌手，我才停止撰寄。然而已经寄出四十六回，写到四十七回了。朋友们有看过我这篇小说的，多怂恿我把它写完。说是便在抗战后，这书也还有可读它的趣味存在。自然，朋友阿私所好，总不免虚奖我一番的。我自己也觉得写了五分之三，弃之可惜，正打算找个机会续写。到了三十一年夏季，却接到上海朋友来信，说是上海的小报，已请人接了我的稿子向下写，而且用原名公然登载。我

173

虽无法向他们谈什么侵害著作权，可是在敌人控制下的文字，不能强调梁山人物民族思想，那是当然。我不能猜想他们会怎样歪曲我的原意，但以他们这种行为而论，甚至写得宋江等都投降了金人，也有可能。我不敢说敝帚自珍，而这种事实的表现，到战后，也许会教社会对我发生一种误解。因此在一气之下，于三十一年冬季，我又从四十七回再向下写，把这部书写完。当这书与大后方读者相见的时候，读者也许只说个原来如此。可是假使这书得在上海登完，又在上海出单行本，那就有点儿不同的观感了。

完成这部书的经过，大概如此。笔者虽不无冒犯罗贯中、施耐庵、金圣叹之处，那是大可以原谅的了。

1943 年 3 月张恨水序于南温泉

（原载重庆建中出版社 1943 年版《水浒新传》）

《偶像》自序

抗战时代，作文最好与抗战有关，这一个原则自是不容摇撼，然而抗战文艺要怎样写出来？似乎到现在，还没有一个结论。

我有一点儿偏见，以为任何文艺品，直率地表现着教训意味，那收效一定很少。甚至人家认为是一种宣传品，根本就不向下看。我们常常在某种协会，看到存堆的刊物原封不动地在那里长霉，写文字者的心血，固然是付之流水，而印刷与纸张的浪费却也未免可惜。至于效力，那是更谈不到了。

文艺品与布告有别，与教科书也有别，我们除非在抗战时代，根本不要文艺，若是要的话，我们就得避免了直率地教训读者之手腕。若以为这样做了，就无法使之与抗战有关，那就不是文艺本身问题，而是作者的技巧问题了。

这本小说是我根据以上的意见写的，是否能写得与抗战有关，是否能表现一点儿用意，我自己是陷于主观的境地，无法知晓，还有待于读者的判断了。

1943 年 9 月将尽张恨水序于南温泉

（原载重庆、南京新民报社 1944 年版《偶像》）

《夜深沉》序言

《夜深沉》原是一个曲牌的名字。我因为这一部书的故事，它的发芽以及开花结果，都是发生在深夜，因此就借用了这个名字。

这里所写，就是军阀财阀以及有钱人的子弟，好事不干，就凭着几个钱，来玩弄女性。而另一方面，写些赶马车的、皮鞋匠以及说戏的，为着挽救一个卖唱女子，受尽了那些军阀财阀的气。因为如此，所有北京过去三十年的情形，凡笔尖所及，略微描绘了一些。

当然，我这书里所写的北京，已是历史上的陈迹了，并且在暴露社会面上，也感到写得不够深，而且很幼稚的。深望一些老北京告诉我一切。我打算这书再行重版时，根据读者们的意见，该补充的补充，该删掉的删掉。这就是我唯一的愿望。

不过这书不是一口气写成功的。先是我在南京，作了半部，送到上海《新闻报》发表，因为我从前著书都是一边刊载一边写作的。这也不但是我一个人如此，大凡当时作章回小说的人，都是如此。后来抗日战争开始，日寇越逼越近，我就随了逃难的人群迁到了重庆。这部《夜深沉》，作到了一半也就停顿了。

其后，《新闻报》同人写信到重庆，说他这个报因它受到租界的庇护，未被日本人攫取，希望我继续完成《夜深沉》的后半部。所以耽搁了半年我又重新写将起来。那个时候重庆向上海去信，由香港转是很麻烦的。这就是这部书的经过。

现在此书经我自己看过，略微删改，又经重印。这就是此书写作的经过。

张恨水 1957 年 6 月

（原载安徽人民出版社 1981 年 2 月再版《夜深沉》）

《金粉世家》（节录）

作品简介

　　长篇小说《金粉世家》是张恨水饮誉文坛之作，被誉为"二十世纪的《红楼梦》"。

　　小说以京城国务总理之子金燕西与出身寒门的女子冷清秋的爱情悲剧为主线，描写了一个世家大族在飘摇岁月的兴衰史，同时也是一部全面展现动荡年代交织在门第、权力与金钱中的中国社会史。它以高超的写作艺术、曲折动人的故事情节、性格鲜明的人物形象、精细入微的心理描写，以及强烈的社会写实性与批判性，赢得无数读者喜爱，一版再版，经久不衰。

楔子　燕市书春奇才惊客过　朱门忆旧热泪向人弹

人生的岁月，如流水地一般过去。记得满街小摊子上，摆着泥塑的兔儿爷，忙着过中秋，好像是昨日的事。可是一走上街去，花爆摊，花灯架，宜春帖子，又一样一样地陈设出来，原来要过旧历年了。到了过年，由小孩子到老人家，都应得忙一忙。在我们这样一年忙到头的人，倒不算什么，除了焦着几笔柴米大帐，没法交代而外，一律和平常一样。到了除夕前四五日，一部分的工作已停，反觉消闲些啦。

这日是废历的二十六日，是西城白塔寺庙会的日子。下半天没有什么事情，便想到庙里去买点梅花水仙，也点缀点缀年景。一起这个念头，便不由得坐车上街去。到了西四牌楼，只见由西而来，往西而去的，比平常多了。有些人手上提着大包小件的东西，中间带上一个小孩玩的红纸灯笼，这就知道是办年货的。再往西走，卖历书的，卖月份牌的，卖杂拌年果子的，渐渐接触眼帘，给人要过年的印象，那就深了。快到白塔寺，街边的墙壁上，一簇一簇的红纸对联挂在那里，红对联下面，大概总摆着一张小桌，桌上一个大砚池，几只糊满了墨汁的碗，四五支大小笔。桌子边，照例站一两个穿破旧衣服的男子。这种人叫作书春的。就是趁着新年，写几幅春联，让人家买去贴，虽然不外乎卖字，买卖行名却不差，叫作书春。但是这种书春的，却不一定都是文人。有些不大读书的人，因为字写得还像样些，也做这行买卖。所以一班人对于书春的也只看他为算命看相之流，不十分注意。就是在下落拓京华，对于风尘中人物，每引为同病，而对于书春的，却也是不大注意。

这时我到了庙门口，下了车子，正要进庙，一眼看见东南角上，围着一大群人在那里推推拥拥。当时我的好奇心动，丢了庙不进去，走过街，且向那边看看。我站在一群人的背后，由人家肩膀上伸着头，向里看去，只见一个三十附近的中年妇人，坐在一张桌子边，在那里写春联。旁边一个五十来岁的老妇人，却在那里收钱，向看的人说话。原来这个妇人书春，和别人不同，别人都是写好了，挂在那里卖；她却是人家要买，她再写。人家说是要贴在大门口的，她就写一副合于大门的口气的；人家说要贴在客堂里的，她就写一副合于客堂的口气的。我心里想，这也罢了，无非卖弄她能写字而已。至于联文，自然是对联书上抄下来的。但是也难为她记得。我这样想时，猛抬头，只见墙上贴着一张红纸，行书一张广告。上面是：

飘茵阁书春价目

诸公赐顾，言明是贴在何处者，当面便写。文用旧联，小副钱费二角，中副三角，大副四角。命题每联一元，嵌字加倍。

这时候我的好奇心动，心想，她真有这个能耐？再看看她，那广告上，直截了当，一字是一字，倒没有什么江湖话。也许她真是个读书种子，贫而出此。但是那"飘茵阁"三字，明明是飘茵坠溷的意思，难道她是浔阳江上的一流人物？

我在一边这样想时，她已经给人写起一副小对联，笔姿很是秀逸。对联写完，她用两只手撑着桌子，抬起头来，微微嘘了一口气。我看她的脸色，虽然十分憔悴，但是手脸洗得干净，头发理得齐整，一望而知，她年轻时也是一个美妇人了。我一面张望，一面由人丛中挤了上前。那个桌子一边的老妇人，早对着我笑面相迎，问道："先生要买对联吗？"我被她一问，却不好意思说并不要对联。只得说道："要一副，但是要嵌字呢，立刻也就有吗？"那个写字的妇人，对我浑身上下看了一看，似乎知道我也是个识字的人。便带着笑容插嘴道："这个可不敢说。因为字有容易嵌上的，有不容易嵌的，不能一概而论。若是眼面前的熟字眼儿，勉强总可以试一试。"

我听她这话，虽然很谦逊，言外却是很有把握似的。我既有心当面试她一试，又不免有同是沦落之感，要周济周济她。于是我便顺手在衣袋里掏出一张名片来。这些围着在那里看的人，看见我将名片拿出来，都不由得把眼睛射到我身上。我拿着名片，递给那个老妇人。那个老妇人看了一看，又转递给那书春的妇人。我便说道："我倒不要什么春联，请你把我的职业，作上一副对联就行，用不着什么颂扬的口气。"那妇人一看我的名片，是个业新闻记者的，署名却是文丐。笑道："这位先生如何太谦？我就把尊名和贵业做十四个字，行么？"我道："那更好了。"她又笑道："写得本来不像个东西，做得又不好，先生不要笑话。"我道："很愿意请教，不必客气。"

她在裁好了的一叠纸中，抽出两张来，用手指甲略微画了一点痕迹，大概分出七个格子。于是分了一张，铺在桌上，用一个铜镇纸将纸压住了。然后将一支大笔，伸到砚池里去蘸墨。一面蘸墨，一面偏着头想。不到两三分钟的工夫，她脸上微露一点笑容，于是提起笔来，就在纸上写了下去。七个字写完，原来是：

文章直至饥臣朔。

我一看，早吃了一大惊，不料她居然能此。这分明是切

184

"文丐"两个字做的。用东方朔的典来咏文丐，那是再冠冕没有的了。而且"直至"两个字衬托得极好。"饥"字更是活用了。她将这一联写好，和那老妇人牵着，慢慢地铺在地下。从从容容，又来写下联。那七个字是：

斧钺终难屈董狐。

这下一联，虽然是个现成的典。但是她在"董狐"上面，加了"终难屈"三个字，用的是活对法，便觉生动而不呆板。这种的活对法，不是在词章一道下过一番苦功夫的人，绝不能措之裕如。

到了这时，不由得我不十二分佩服。叫我当着众人递两块钱给她，我觉得过于唐突了。虽然这些买对联的人，拿出三毛五毛，拿一副对联就走。可是我认她也是读书识字的，兔死狐悲，物伤其类，这样藐视文人的事，我总是不肯做的。我便笑着和老妇人道："这对联没有干，暂时我不能拿走。我还有一点小事要到别处去，回头我的事情完了，再来拿。如是晏些，收了摊子，到你府上去拿，也可以吗？"那老妇人还犹豫未决，书春的妇人，一口便答应道："可以可以！舍下就住在这庙后一个小胡同里。门口有两株槐树，白板门上有一张红纸，写'冷宅'两个字，那就是舍下。"我见她说得这样详细，一定是欢

185

迎我去的了，点了一下头，和她作别，便退出了人丛。

其实我并没有什么事，不过是一句遁词。我在西城两个朋友家里，各坐谈了一阵，日已西下，估计收了摊子了，便照着那妇人所说，去寻她家所在。果然，那个小胡同里，有两株大槐树，槐树下面，有两扇小白门。我正在敲门问时，只见那两个妇人提着篮子，背着零碎东西，由胡同那头走了过来。我正打算打招呼，那个老妇人早看见了我，便喊着道："那位先生，这就是我们家里。"她们一面招呼，一面已走上前，便让我进里面去坐。我走进大门一看，是个极小的院子，仅仅只有北房两间，厢房一间。她让进了北屋，有一个五十多岁的老人，带着一个上十岁的男孩子，在那里围着白泥炉子向火。见了我进来，起身让座。

这屋子像是一间正屋，却横七竖八摆了四五张桌椅，又仿佛是个小小的私塾。那个老妇人，自去收拾拿回来的东西。那书春的妇人，却和那个老头子，来陪我说话。我便先问那老人姓名，他说他叫韩观久。我道："这里不是府上一家住吗？"韩观久道："也可以说是一家，也可以说是两家。"便指着那妇人道："这是我家姑奶奶，她姓冷，所以两家也是一家。"我听了这话不懂，越发摸不着头脑。那妇人知道我的意思，便道："不瞒你先生说，我是一个六亲无靠的人。刚才那个老太太，我就是她喂大的，这是我妈妈爹呢。"我这才明白了，那老妇人是她乳母，这老人是乳母的丈夫呢。

这时我可为难起来，要和这个妇人谈话了，我称她为太太呢，称她为女士呢？且先含糊着问道："贵姓是冷？"对道："姓金，姓冷是娘家的姓呢。"我这才敢断定她是一位妇人。便道："金太太的才学，我实在佩服。蒙你写的一副对联，实在好。"金太太叹了一口气，说道："这实在也是不得已才去这样抛头露面。稍微有点学问有志气的人，宁可饿死，也不能做这沿街鼓板一样的生活，哪里谈到好坏？本来呢，我自己可以不必出面，因为托我妈妈爹去卖了一天，连纸钱都没有卖出来；所以我想了一个下策，亲自出去。以为人家看见是妇人书春，好奇心动，必定能买一两副的。"说着脸一红。又道："这是多么惭愧的事！"

我说："现在潮流所趋，男女都讲究经济独立，自谋生活，这有什么做不得？"金太太道："我也只是把这话来安慰自己，不过一个人什么事不能做，何必落到这步田地呢？"我道："卖字也是读书人本色，这又何妨？我看这屋子里有许多小书桌，平常金太太也教几个学生吗？"金太太指着那个男孩子道："一来为教他，二来借此混几个学费，其实也是有限得很，还靠着晚上做手工来补救。"我说："这位是令郎吗？"金太太凄然道："正是。不为他，我何必还受这种苦，早一闭眼睛去了。"便对那孩子道："客来了，也不懂一点礼节，只躲到一边去，还

187

不过来鞠躬。"

那孩子听说，果然过来和我一鞠躬。我执着那孩子的手，一看他五官端正，白白净净的。手指甲剪得短短的，身上穿的蓝布棉袍，袖口却是干净，并没有墨迹和积垢。只看这种小小的习惯，就知道金太太是个贤淑的人，更可钦佩。但是学问如此，道德又如彼，何至于此呢？只是我和人家初交，这是人家的秘密，是不便于过问的，也只好放在心里。不过我替她惋惜的观念，就越发深了。我本来愁着要酬报她的两块钱，无法出手。这时我便在身上掏出皮夹来，看一看里面，只有三张五元的钞票。我一想，像我文丐，当这岁暮天寒的时候，决计没有三元五元接济别人的力量。但是退一步想，她的境遇，总不如我，便多送她三元，念在斯文一脉，也分所应当。一刹那间，我的恻隐心，战胜了我的悭吝心，便拿了一张五元钞票，放在那小孩子手里。说道："快过年了，这个拿去逛厂甸买花爆放吧。"金太太看见，连忙站起来，将手一拦那小孩。笑着说道："这个断乎不敢受！"我说："金太太你不必客气。我文丐朝不保夕，决不能像慷慨好施的人随便。我既然拿出来了，我自有十二分的诚意，我决计是不能收回的。"金太太见我执意如此，谅是辞不了的，便叫小孩子对我道谢，将款收了。

那个老妇人，已用两只洋瓷杯子斟上两杯茶来。两只杯子虽然擦得甚是干净，可是外面一层珐琅瓷，十落五六，成了半只铁碗。杯子里的茶叶，也就带着半寸长的茶叶棍儿，浮在水面上。我由此推想他们平常的日子，都是最简陋的了。我和他们谈了一会儿，将她对联取了，自回家去，把这事也就扔下了。

过了几天，已是新年，我把那副对联贴在书房门口。我的朋友来了，看见那字并不是我的笔迹，便问是哪个写的？我抱着逢人说项的意思，只要人家一问，我就把金太太的身世，对人说了，大家都不免叹息一番。也是事有凑巧，新正初七日，我预备了几样家乡菜，邀了七八个朋友，在家里尽一日之乐。大家正谈得高兴的时候，金太太那个儿子，忽然到我这里来拜年，并且送了我一部木版的《唐宋诗醇》。那小孩子说："这是家里藏的旧书，还没有残破，请先生留下。"他说完，就去了。我送到大门口，只见他母亲的妈妈爹在门口等着呢。我回头和大家一讨论，大家都说："这位金太太，虽然穷，很是介介，所以她多收你三四块钱，就送你一部书。而且她很懂礼，你看她叫妈妈爹送爱子来拜年，却不是以寻常人相待呢。"我就说："既然大家都很钦佩金太太，何不帮她一个忙？"大家都说："忙要怎样帮法？"我说："若是送她的钱，她是不要的，最好是给她找一个馆地。一面介绍她到书局里去，让她卖些稿子。"大家说："也只有如此。"

又过了几天，居然给她找到一所馆地。我便亲自到金太太

189

家里去，把话告诉她。她听了我这话，自然是感激，便问："东家在哪里？"我说："这家姓王，主人翁是一个大实业家，只教他家两位小姐。"金太太说："是江苏人吗？"我道："是江苏人。"金太太紧接着说："他是住在东城太阳胡同吗？"我道："是的。"金太太听说，脸色就变了。她顿了一顿。然后正色对我道："多谢先生帮我的忙，但是这地方，我不能去。"我道："他家虽是有钱，据一般人说，也是一个文明人家。据我说，不至于轻慢金太太的。"金太太道："你先生有所不知，这是我一家熟人，我不好意思去。"她口里这样说，那难堪之色，已经现于脸上。我一想，这里面一定有难言之隐，我一定要追着向前问，有刺探人家秘密之嫌。便道："既然如此，不去也好，慢慢再想法子吧。"金太太道："这王家，你先生认识吗？"我说："不认识，不过我托敝友辗转介绍的。"金太太低头想了一想，说道："你先生是个热心人，有话实说不妨。老实告诉先生，我一样的有个大家庭，和这王家就是亲戚啦。我落到这步田地……"说到这里，那头越发低下去了，半晌，不能抬起来。早有两点眼泪，落在她的衣襟上。

这时，那个老妇人端了茶来，金太太搭讪着和那老妇人说话，背过脸去，抽出手绢，将眼睛擦了一擦。我捧着茶杯微微呷了一口茶，又呷二口茶，心里却有一句话要问她，那么，你家庭里那些人，哪里去了呢？但是我总怕说了出来，冲犯了人家，如此话到了舌尖，又吞了下去。这时，她似乎知道我看破了她伤心，于是勉强笑了一笑，说道："先生不要见怪，我不是万分为难，先生给我介绍馆地，我决不会拒绝的。"我道："这个我很明了，不必介意。"说完了这两句话，她无甚可说了，我也无甚可说了。屋子里沉寂寂的，倒是胡同外面卖水果糖食的小贩，敲着那铜碟儿声音，一阵阵送来。我又呷了几口茶，便起身告辞，约了过日再会。

我心里想，这样一个人，我猜她有些来历，果然不错。只是她所说的大家庭，究竟是怎样一个家庭呢？后来我把她的话，告诉了给她找馆地的那个朋友。那朋友很惊讶，说道："难道是她吗？她怎样还在北京？"我问道："你所说的她，指的是谁？"我那朋友摇摇头道："这话太长，不是三言两语可以说完的。若真是她，我一定要去见见。"我道："她究竟是谁？你说给我听听看。"我的朋友道："现在且不必告诉你，让我见了她以后，哪一天晚上你扇一炉子大火，沏一壶好茶，我们联床夜话，我来慢慢地告诉你，可当一部鼓儿词听呢。"他这样说，我也不能勉强。但是我急于要打破这个哑谜，到了次日，我便带他到金太太家里去，作为三次拜访。不料到了那里，那冷宅的一张纸条，已经撕去了。门口另换了一张招租的帖子。我和我的朋友都大失所望。

我的朋友道："不用说，这一定是她无疑了。她所以搬家，正是怕我来找她呀。既然到此，看不见人，进去看看屋子，也许在里面找到一点什么东西，更可以证明是她。"我觉得这话有理，便和他向前敲门。里面看守房子的人，以为我们是赁房的，便打开门引我二人进去。我们一面和看守屋子的人说话，一面把眼睛四围逡巡，但是房子里空空的，一点什么痕迹都没有。我的朋友望着我，我望着他，彼此微笑了一笑。只好走出来。走到院子里，我的朋友看见墙的犄角边堆着一堆字纸。便故意对着看屋子的人道："你们把字纸堆在这里，不怕造孽吗？"说时，走上前便将脚拨那字纸。我早已知道他的命意，于是两个人四道眼光，像四盏折光灯似的，射在字纸堆里。他用脚拨了几下，一弯腰便捡起一小卷字纸在手上。我看时，原来是一个纸抄小本子，烧了大半本，书面上也烧去了半截，只有"零草"两个字。这又用不着猜的，一定是诗词稿本之类了。我本想也在字纸堆里再寻一点东西，但是故意寻找，又恐怕看屋子的人多心，也就算了。我的朋友得了那个破本子，似乎很满意的，便对我说道："走吧。"

我两人到了家里，什么事也不问，且先把那本残破本子摊在桌上，赶紧地翻着看。但是书页经火烧了，业已枯焦。又经人手一盘，打开更是粉碎。只有那两页书的夹缝不曾被火熏着，零零碎碎还看得出一些字迹，大概这里面也有小诗，也有小词。但是无论发现几个字，都是极悲哀的。一首落真韵的诗，有一大半看得出，是：

　　……莫当真，浪花风絮总无因。灯前闲理如来忏，两
字伤心……

我不禁大惊道："难道这底下是押'身'字？"我的朋友
点点头道："大概是吧？"我们轻轻翻了几页，居然翻到一首整
诗，我的朋友道："证据在这里了。你听，"他便念道：

铜沟流水出东墙，一叶芭蕉篆字香。
不道水空消息断，只从鸦背看斜阳。

我说道："胎息浑成，自是老手。只是这里面的话，在可
解不可解之间。"我的朋友道："你看这里有两句词，越发明
了。"我看时，是：

　　……说也解人难。几番向银灯背立，热泪偷弹。除是
……

这几句词之后，又有两句相同的，比这更好。是：

……想当年，一番一回肠断。只泪珠向人……

　　我道："诗词差不多都是可供吟咏的，可惜烧了。"我的朋友道："岂但她的著作如此，就是她半生的事，也就够人可歌可泣呢。"我道："你证明这个金太太就是你说的那个她吗？"我的朋友道："一点不错。"我说道："这个她究竟是谁？你能够告诉我吗？"我的朋友道："告是可以告诉你。只是这话太长了，好像一部二十四史，难道我还从三皇五帝说起，说到民国纪元为止吗？"我想他这话也是，便道："好了，有了一个主意了。这回过年，过得我精穷，我正想作一两篇小说，卖几个钱来买米。既然这事可泣可歌，索性放长了日子干，你缓缓地告诉我，我缓缓地写出来，可以作一本小说。倘若其中有伤忠厚的，不妨将姓名地点一律隐去，也就不要紧了。"

　　朋友道："那倒不必，我怎样告诉你，你怎样写得了。须知我告诉你时，已是把姓名地点隐去了哩。再者我谈到人家的事，虽重繁华一方面，人家不是严东楼，我劝你也不要学王凤洲。"我微笑道："你太高比，凭我也不会作出一部《金瓶梅》来，你只要把她现成的事迹告诉我，省我钩心斗角、布置局面，也就很乐意了。"我的朋友笑道："设若我造一篇谣言哩？"我笑道："当然我也写上。作小说又不是编历史，只要能自圆其说，管他什么来历？你替我搜罗好了材料，不强似我自造自写吗？"我的朋友见我如此说，自然不便推辞。而且看我文丐穷得太厉害了，也乐得赞助我作一篇小说，免得我逢人借贷。

自这天起，我们不会面则已，一见面就谈金太太的小史。我的朋友一天所谈，足够我十天半个月的投稿。有时我的朋友不来，我还去找他谈话。所幸我这朋友是个救急而又救穷的朋友，立意成就我这部小说，不嫌其烦地替我搜罗许多材料，供我铺张。自春至夏，自秋至冬，经一个年头。我这小说居然作完了。至于小说内容，是否可歌可泣，我也不知道。因为事实虽是够那样的，但是我的笔笨写不出来，就不能令人可歌可泣了。好在下面就是小说的正文，请看官慢慢去研究吧。

第一回　陌上闲游坠鞭惊素女　阶前小谑策杖戏娇嬛

却说北京西直门外的颐和园，为逊清一代留下来的胜迹。相传那个园子的建筑费原是办理海军的款项。用办海军的款子来盖一个园子，自然显得伟大了。在前清的时候，只是供皇帝、皇太后一两个人在那里快乐。到了现在，不过是刘石故宫，所谓亡国莺花。不但是大家可以去游玩，而且去游览的人，夕阳芳草，还少不得有一番凭吊呢。北地春迟，榆杨晚叶，到三月之尾，四月之初，百花方才盛开。那个时候，万寿山是重嶂叠翠，昆明湖是春水绿波，颐和园和邻近的西山便都入了黄金时代。北京人从来是讲究老三点儿的，所谓吃一点，喝一点，乐一点，像这种地方，岂能不去游览？所以到了三四月间，每值风和日丽，那西直门外，香山和八大处去的两条大路，真个车水马龙，说不尽的衣香鬓影。

这一年三月下旬，正值天气晴和，每日出西直门的游人络绎于途。什么汽车马车人力车驴子，来来往往，极是热闹。但是有些阔公子，马车人力车当然是不爱坐。汽车又坐得腻了。驴子呢，嫌它瘦小。先有一项不愿受的，就是驴夫送来的那条鞭子太脏，教人不敢接着。有班公子哥儿，家里喂了几头好马，偶然高兴出城来跑上一趟马。在这种春光明媚的时候，轻衫侧帽，扬鞭花间柳下，目击马嘶芳草的景况，那是多么快活呢！在这班公子哥儿里头，有位姓金的少爷，却是极出风头。他单名一个华字，取号燕西，现在只有一十八岁。兄弟排行他是老四，若是姐妹兄弟一齐论起来，他又排行是第七，因此他的仆从都称呼他一声七爷。他的父亲是现任国务总理，而且还是一家银行里的总董。家里的银钱每天像流水般的进来出去。所以他除了读书而外，没有一桩事是不顺心的。

这天他因天气很好，起了一个早，九点多钟就起来了。在家中吃了一些点心，叫了李福、张顺、金荣、金贵四个听差，备了五匹马，主仆五人，簇拥着出了西直门，向颐和园而来。燕西将身上堆花青缎马褂脱下，扔给了听差，身上单穿一件宝蓝色细丝驼绒长袍，将两只衫袖微微卷起一点，露出里面豆绿春绸的短夹袄。右手勒着马缰绳，左手拿着一根湘竹湖丝洒雪鞭。两只漆皮鞋踏着马镫子，将马肚皮一夹，一扬鞭子，骑下的那匹玉龙白马在大道之上掀开四蹄，飞也似的往西驰去。后面的金荣打着马赶了上来，口里嚷道："我的小爷，别跑了。这一摔下来可不是玩的。"说时，那后面的三匹马也都追了上来。路上尘土被马蹄掀起来，卷过人头去。燕西这一跑，足有五里路。自己觉得也有些吃力，便把马勒住。那四匹马已是抄过马头，回转身来，挡了去路。

燕西在驼绒袍子底下抽出一条雪花绸手绢，揩着脸上的汗，笑道："你们这是做什么？"金荣道："今天路上人多，实在跑不得。摔了自己不好，碰了别人也不好，你看是不是？"燕西笑道："你们都是好人？前天你学着开汽车，差一点儿把巡警都碰了。"金荣笑道："可不是！你骑马的本领和我开车的本领差不多，还是小心点吧。高高兴兴出来玩一趟，若是惹了事，就是不怕，也扫兴得很啦。"燕西道："这倒像句话。"李福道："那么，我们在头里走。"说着，他们四匹马掉转头，在前面走去。燕西松着马缰绳慢慢在后面跟着。

这里正是两三丈宽的大道，两旁的柳树垂着长条，直披到人身上马背上来。燕西跑马跑得正有些热，柳树底下吹来一两阵东风，带些清香，吹到脸上，不由得浑身爽快一阵。他们的马，正是在下风头走，清香之间，又觉得上风头时有一阵兰麝之香送来。燕西在马背上目睹陌头春色，就不住领略这种香味。燕西心里很是奇怪，心想这倒不像是到了野外，好像是进了人家梳头室里去了呢。一面骑着马慢慢走，一面在马上出神。那一阵香气却越发的浓厚了。偶然一回头，只见上风头一列四辆胶皮车，坐着四个十七八岁的女学生，追了上来。燕西恍然大悟，原来这脂粉浓香，就是她们那里散出来的。在这一刹那间，四辆胶皮车已经有三辆跑过马头去。最后一辆，正与燕西的马并排走着。燕西的眼光，不知不觉地就向那边看去。

只见那女子挽着如意双髻，髻发里面盘着一根鹅黄绒绳，越发显得发光可鉴。身上穿着一套青色的衣裙，用细条白辫周身来滚了。项脖上披着一条西湖水色的蒙头纱，被风吹得翩翩飞舞。燕西生长金粉丛中，虽然把倚红偎翠的事情看惯了，但是这样素净的妆饰却是百无一有。他不看犹可，这看了之后，不觉得又看了过去。只见那雪白的面孔上，微微放出红色，疏疏的一道黑刘海披到眉尖，配着一双灵活的眼睛，一望而知是个玉雪聪明的女郎。燕西看了又看，又怕人家知觉，把那马催着走快几步，又走慢几步，前前后后，总不让车子离得太远了。车子快快地走，马儿慢慢行，这样左右不离，燕西也忘记到了哪里。前面的车子因为让汽车过去，忽然停住，后面跟的车子，也都停住了。燕西见人家车子停住，他的马也不知不觉地停住。那个漂亮女，偏着头，正看这边的风景。她猛然间低头一笑，也来不及抽着手绢了，就用临风飘飘的蒙头纱，捂着嘴。在这一笑时，她那一双电光也似的眼睛又向这边瞧了一瞧。

　　燕西一路之上，追看人家，人家都不知觉。这时人家看他，他倒有些不好意思起来。忽然低头一看，这才醒悟过来。原来自己手上拿的那条马鞭子，不知何时脱手而去，已经落在地下了。大概人家之所以笑，就是为了这个。自己要下去拾起马鞭子来吧，真有些不好意思。不捡起来吧，那条马鞭子又是自己心爱之物，实在舍不得丢了。不免在马上踌躇起来。金荣一行四匹马在他前面，哪里知道，只管走去。金荣一回头，不见了燕西，倒吓了一跳，勒转马头，脚踏着马镫，昂首一看，只见他勒住马，停在一棵柳树荫下。金荣加起一马鞭，连忙催着马跑回来。便问道："七爷，你这是做什么？"燕西笑了一笑，说道："你来了很好，我马鞭子掉在地下，你替我捡起来吧。"金荣当真跳下马去，将马鞭捡了起来交给燕西。他一接马鞭子，好像想起一桩事似的，也不等金荣上马，打了马当先就跑。金荣在后面追了上来，口里叫道："我的七爷，你这是做什么？疯了吗？"燕西的马约莫跑了小半里路便停住了，又慢慢地走起来。

　　金荣跟在后面，伸起手来搔着头发。心里想道：这事有些怪，不知道他真是出了什么毛病了？自己又不敢追问燕西一个究竟，只得糊里糊涂在后跟着。又走了一些路，只见后面几辆人力车追了上来，车上却是几个水葱儿似的女子。金荣恍然大悟，想道：我这爷又在打糊涂主意呢！怪不得前前后后，老离不开这几辆车子。我且看他注意的是谁。这样想时，眼睛也就向那几辆车子上看去。他看燕西的眼光不住地盯住那穿青衣的女子，就知道了。但是自己一群人有五匹马，老是苍蝇见血似的盯着人家几辆车子，这一种神情未免难看。便故意赶上一鞭，和燕西的马并排走着，和燕西丢了一个眼色。只这一刹那的工夫，马已上了前。燕西会意，便追上来。

　　金荣打着马，只管向前跑，燕西在后面喊道："金荣，要我骂你吗？好好的又耍什么滑头？"金荣回头一看，见离那人力车远了。便笑道："七爷，你还骂我耍滑头吗？"金燕西笑道："我怎样不能骂你耍滑头？"金荣道："我的爷，你还要我说出来，上下盯着人家，也真不像个样子。"复又笑道："真要看她，三百六十天，天天都可以看得到，何必在这大路上追着人家？"燕西笑道："我看谁？你信口胡说，仔细我拿鞭子抽你！"金荣道："我倒是好意。七爷这样说，我就不说了。"

　　燕西见他话里有话，把马往前一拍，两马紧紧地并排。笑道："你说怎样是好意？"金荣道："七爷要拿鞭子抽我呢，我还说什么，没事要找打挨吗？"金贵三人听见这话，大家都在马上笑起来。燕西道："你本是冤我的，我还不知道？"金荣道："我怎敢冤你？我天天上街，总碰见那个人儿，她住的地方我都知道。"燕西笑道："这就可见你是胡说了。你又不认识她，她又不认识你，凭空没事的，你怎样会注意人家的行动？"金荣笑道："我问爷，你看人家不是凭空无事，又是凭空有事吗？好看的人儿人人爱看。那样一位鲜花似的小姐在街上走着，狗看见，也要摆摆尾呢，何况我还是个人。"燕西笑道："别嚼蛆了，你到底知道不知道？"金荣道："爷别忙，听我说。这一晌七爷不是出了一个花样，要吃蟹壳黄烧饼吗？我总怕别人买的不合你意，总是自己去买。每日早上一趟西单牌楼，是你挑剔金荣的一桩好差事。"燕西道："说吧，别胡扯了。"金荣道："在我天天去买烧饼的时候，总碰到她从学校里回来。差不多时刻都不移。有一天她回来早些，我在一个地方，看见她走进一个人家去，我猜那就是她的家了。"燕西道："她进去了，不见得就是她的家，不许是她的亲戚朋友家里吗？"金荣道："我也是这样说，可是以后我又碰到两次哩。"燕西道："在什么地方？"金荣笑道："反正离我们家里不远。"燕西道："北京城里，离我们家都不远，你这话说得太靠不住了。"金荣道："我绝不敢冤你，回去的时候，我带你到她家门口去一趟，包你一定欢喜。先说出来，反没有趣了。"燕西道："那倒也使得，那时你要不带我去，我再和你算账！"金荣笑道："我也有个条件呢，可不能在大路上盯着人家，要是再盯着，我就不敢说了。"燕西看他说得一老一实，也就笑着答应了。

主仆一路说着，不觉已过了海淀。张顺道："七爷，颐和园我们是前天去的，今天又去吗？"燕西在马上踌躇着，还没有说出来。李福笑道："你这个人说话，也是不会看风色的，今天是非进去逛逛不可呢。"张顺笑道："那么，我们全在外面等着，让七爷一个人在里面，慢慢地逛吧。"燕西笑骂道："你这一群混蛋，拿我开心。"金贵道："七爷，你别整群地骂呀，我可没敢说什么哩。"主仆五人，谈笑风生地到了颐和园，将马在树下拴了，五人买票进门。燕西心里想着，那几个女学生，一定是来逛颐和园的。所以预先进来，在这里等着。不料等了大半天，一点影子也没有，恐怕是一直往香山去了。无精打采，带着四个仆人，一直回家。

刚一到大门口，只见停着一辆汽车，他的大嫂吴佩芳、三嫂王玉芬和着第三个姨妈翠姨，都从车子上下来。翠姨一见燕西下马，便笑道："闲着没事，又到城外跑马去了吗？你瞧，把脸晒得这样红红的，又算什么？回头让你那白妹妹瞧见，又要抱怨半天。"燕西将马鞭子递给金荣，便和他们一路进去。问道："一伙儿的，又从哪里来？"佩芳笑道："翠姨昨晚上打扑克赢了钱，我们要她做东呢。"燕西道："吃馆子吗？"佩芳道："不！在春明舞台包了两个厢，听了两出戏呢。"燕西道："统共不过三个人，倒包了两个厢。"翠姨道："这是他们把我赢来的钱当瓦片儿使呢。我说包一个厢得了，她们说：有好多人要去呢。后来，厢包好了，东找也没有人，西找也没有人。"燕西一顿脚，正要说话，在他前面的王玉芬哎哟一声，回头红着脸要埋怨他。然后又忍不住笑了，说道："老七，你瞧，我今天新上身的一件哔叽斗篷，你给人家踩脏了。"说时，两只手抄着她那件玫瑰紫斗篷的前方，扭转头只望脚后跟。燕西一看，在那一路水钻青丝辫滚边的地方，可不是踏了一个脚印。燕西看了，老大不过意。连忙蹲下身子去，要给他三嫂拍灰。王玉芬一扭身子，往前一闪，笑道："不敢当！"大家笑着一路走进上房。各人房里的老妈子早已迎上前来，替他们接过斗篷提囊去。

燕西正要回自己的书房，翠姨一把扯住，说道："我有桩事和你商量。"燕西道："什么事？"翠姨道："听说大舞台义务戏的包厢票，你已经得了一张，出让给我？成不成？"燕西道："我道是什么要紧的事，就是为了这个？出什么让，我奉送得了。"翠姨道："你放在你那里，我自己来拿，若是一转手，我又没份了。"

燕西答应着，自己出去了。一回书房，金荣正在替他清理书桌。金荣一看，并没有人在屋子里，笑道："七爷，你不看书也罢，看了满处丢，设若有人到这里来看见了，大家都不好。"
燕西道："要什么紧？在外面摆的，不过是几本不相干的小说。
那几份小报送来没有送来？我两天没瞧哩。"金荣道："怎样没
有送来，我都收着呢，回头晚上要睡觉的时候，再拿出来瞧
吧。"燕西笑了一笑，说道："你说认得那个女孩子家里，你现
在可以告诉我了。"金荣道："我不敢说。"燕西道："为什么不
敢说？"金荣笑道："将来白小姐知道了，我担当不起。"燕西
道："我们做的事，怎样会让他们知道？你只管说，保没有什么
事。"金荣笑了一笑，踌躇着说道："对你不住。在路上说的那
些话，全是瞎说的。"说着，对燕西请了一个安。燕西十分不
快，板着脸道："你为什么冤我？"金荣道："你不知道，在路
上你瞧着人家车子的时候，人家已经生气了。我怕再跟下去，
要闹出乱子来呢。"燕西道："我不管，你非得把她的家找到不
可。找不到，你别见我了。"说毕，在桌上抽了一本杂志自看，
不理金荣。

　　金荣见燕西真生了气，不敢说什么，做毕了事，自退出
了。他和几个听差一商量，说道："这岂不是一桩难事，北京这
么大的地方，教我在哪里去找这一个人？"大家都说道："谁
叫你撒谎撒得那样圆，像真的一样。"金荣也觉差事交代不了，
吓得两三天不敢见燕西的面。好在燕西玩的地方很多，两三天
以后，也就把这事淡下来了。金荣见他把这事忘了，心里才落

下一块石头。

偏是事有凑巧，这一天金荣到护国寺花厂子里去买花，顶头碰见那个女学生买了几盆花，在街上雇车，讲的地方却是落花胡同西头。金荣这一番，比当学生的做出了几个难题目还要快活。让她车子走了，自己也雇了一辆车子跟了去。到了那地方，那女学生的车子停住，在一个小黑门外敲门。金荣的车子一直拉过西口，他才付了车钱下来。假装着找人家似的，挨着门牌一路数来。数到那个小黑门那儿，门牌是十二号，只见门上有块白木板，写着"冷寓"两个字。那门恰好半掩着，在门外张望，看里面倒是一个小院子。只是那院子后面，一带树木森森，似乎是人家一个园子。金荣正在这里张望，又见那女学生在院子里一闪，这可以断定，她是住在这里了。

金荣看在眼里，回得家去，在上房找着燕西，和他丢了一个眼色。燕西会意，一路和他到书房里来。金荣笑道："七爷，你要找的那个人，给你找到了。"燕西道："我要找谁？"金荣笑道："七爷很挂心的一个人。"燕西道："我挂心的是谁？我越发不明白你这话了。"金荣道："七爷就全忘了吗？那天在海淀看到的那个人呢。"燕西笑道："哦！我说你说的是谁，原来说的是她，你在哪里找到的？又是瞎说吧？"金荣道："除非吃了豹子胆，还敢撒谎吗？"他就把在护国寺遇到那女学生的话说了一遍。又笑道："不但打听得了人家的地方，还知道她姓冷呢。"金荣这一片话，兜动了燕西的心事。想到那天柳树荫下，车上那个素妆少女飘飘欲仙的样子宛在目前，不由得微笑了一笑。然后对金荣道："你这话真不真我还不敢信，让我调查证实了再说。"金荣笑道："若是调查属实，也有赏吗？"金燕西道："有赏，赏你一只火腿。"

金燕西口里虽这般说，心里自是欢喜。他也等不到次日，马上换了一套西装，配上一个大红的领结，又拣了一双乌亮的皮鞋穿了。手上拿着一根柔软藤条手杖，正要往外走，忽然记起来还没戴帽子。身上穿的是一套墨绿色的衣服，应该也戴一顶墨绿色的帽子。记得这顶帽子，前两天和他们看跑马回来，就丢在上房里了，也不知丢在哪个嫂子屋里呢，便先走到吴佩芳这边来。

刚要到月亮门下，只见他大嫂子的丫头小怜搬了几盆兰花，在长廊外石阶上晒太阳，拿了条湿手巾，在擦瓷盆。她一抬头，见燕西探出半截身子一伸一缩，不由得笑了。燕西和她点一点头，招一招手，叫她过来。小怜丢了手巾，跑了过来，反过一只手去，摸着辫子梢，笑道："有话说就说吧，这个样子做什么？"金燕西见她穿一身灰布衣服，外面紧紧地套上一件六成旧青缎子小坎肩，厚厚地梳着一层黑刘海，越发显得小脸儿白净，便笑道："这件坎肩很漂亮呀。"小怜道："漂亮什么？这是六小姐赏给我的，是两三年前时兴的东西，现在都成了老古董了。"金燕西道："可是你穿了很合身。"小怜道："你叫我来，就是说这个话吗？"金燕西笑道："大少奶奶说，让你伺候我，你听见说吗？"小怜对他微微地啐了一下，扭转身就跑了。燕西用手杖敲着月亮门，吟吟地笑。

吴佩芳隔着玻璃窗子便叫道："那不是老七吗？"燕西便走进月亮门说道："大嫂，是我。"佩芳道："你又什么事，鬼鬼祟祟的？"说时，佩芳已走了出来。小怜低着头在那里擦花盆，耳朵边都是红的。佩芳在长廊上，燕西站在长廊下，佩芳掩嘴笑了一笑，燕西也勉强笑了。便道："我头回戴着的墨绿的呢帽子，丢在这里吗？"佩芳笑道："趁早别这样说了。年轻轻的哥儿们，戴个什么绿帽子呀？"金燕西道："现在戴绿帽子的，多着呢。"佩芳明知他把话说愣了，故意怄着他道："因为戴绿帽子的多，你就也要戴上头顶吗？"燕西笑道："你这是戴了眼镜锔碗——没碴儿找碴儿啦。"佩芳笑道："你听听，自己说话说错了，还说我找碴儿啦。"

燕西道："得了，你告诉我一声吧，帽子在这里不在这里？我等着要出去呢。"佩芳道："你总是这样，东西乱丢，丢了十天半月也不问，到了要用的时候就乱抓了。这个毛病有个小媳妇儿管着，就好了。"说到这里笑了一笑，又道："我看你待小怜很好，要不我对母亲说一声，先让她去伺候你，给你收拾收拾衣服鞋袜吧？"小怜一撒手道："大少奶奶也是的！"说着，一掉辫子就跑了。燕西道："人家也是十六七岁的孩子了，你就这样当面锣对面鼓地开玩笑，也不怕人害臊。"佩芳笑道："害什么臊？她还不愿意吗？"燕西道："到底帽子在这里不在这里？"佩芳道："帽子没有，马褂倒是有一件扔在我这里，你别处找吧。"燕西想着，二嫂那里是没有的。不在翠姨那里，或者就在三嫂那里，因此由长廊下转到后重屋子里来。

一转弯，只见小怜拿了一根小棍子，挑那矮柏树上的蛛丝网。这柏树一列成行，栽着像篱笆似的。金燕西在这边，小怜在那边。小怜看见金燕西来了，说道："你找什么帽子？"金燕西道："刚才不是说了，你没听见吗？你又想我说一句找绿帽子吧？"小怜笑说："我才不占你的便宜哩。"说时，用棍子指着金燕西衣服，问道："是和这个颜色一样的吗？"金燕西道："是的。你看见没有？"小怜道："你的记性太不好了，不是那天你穿了衣服要走，白小姐留你打扑克，把帽子收起来了吗？"金燕西道："哦！不错不错，是白小姐拿去了。她放在哪里，你知道吗？"小怜道："她放在哪里呢？就扔在椅子上。我知道是你买的，而且听说是二十多块钱买的，我怕弄掉了，巴巴地捡起来，送到你屋子里去了。"燕西道："是真的吗？"小怜道："怎样不真？在你房背后，洗澡屋子里第二个帽架子上，你去看看。"金燕西笑道："劳驾得很！"小怜将那手上的小棍子，对燕西身上戳了一下，笑道："你这一张嘴，最不好，乱七八糟，喜欢瞎说。"燕西笑道："我说你什么？"说着，燕西就往前走一步，要捉住她的手，抢她的棍子。小怜往后一缩，隔着一排小柏树，燕西就没有法子捉住她。

小怜顿着脚，扬着眉，噘着嘴道："别闹！人家看见了笑话。"燕西见捉她不到，沿着小柏树篱笆，就要走那小门跑过来，去扭小怜。小怜看见，掉转身子就跑，当燕西跑到柏树那边时，小怜已经跑过长廊，遥遥地对着金燕西点点头笑道："你来你来！"金燕西笑着，就跑上前来。小怜身后，正是一个过堂门，她手扶着门，身子往后一缩，把门就关上了。